DIESES BUCH GEHÖRT:

Die drei !!!

Die drei !!!

Verrat im Internat

Kari Erlhoff
Silja Lund

KOSMOS

Umschlagillustration von Ina Biber, Gilching
Umschlaggestaltung von Sabine Reddig

Weitere Bände dieser Reihe siehe Seite 160

FSC
www.fsc.org
MIX
Papier | Fördert gute Waldnutzung
FSC® C083411

Gedruckt auf Cradle to Cradle Certified™ Munken Papier

ISBN 978-3-440-17708-2
Redaktion: Nadja Fendrich, Nina Seitz
Lektorat: Claudia Müller
Produktion: DOPPELPUNKT, Stuttgart
Druck und Bindung: CPI books GmbH, Leck
Printed in Germany / Imprimé en Allemagne

Die drei !!!

Verrat im Internat

Urlaub wider Willen	7
Auftrag mit Hindernissen	18
Schrecken in der Nacht	31
Kötel und ein Labyrinth	45
Ronnys bunter Abend	56
Eulen auf Abwegen	68
Gefahr in der Dunkelheit	81
Ein neues Rätsel	93
Das Geheimnis in der Heide	102
Im Netz der Widder-Spinne	112
Eine eigenartige Verabredung	120
Hängepartie um Mitternacht	128
Plan B wird gezündet	143
Abschied von Unkentorf	152

Urlaub wider Willen

Katastrophe!!!

Franzi Winkler sah blinzelnd auf das Display ihres Smartphones.
»Was ist?«, fragte Marie Grevenbroich, als sie Franzis Gesichtsausdruck bemerkte.
»Kim verspätet sich.«
»Normalerweise ist sie bei unseren Verabredungen im *Café Lomo* doch die Erste.«
»Stimmt.« Franzi nickte. Dann las sie die zweite Nachricht, die inzwischen eingegangen war.

Bin gleich da. Bestellt schon mal. Wie immer.

Franzi antwortete kurz:

Alles klar!

»Und?« Marie klang ungeduldig. »Was ist nun?«
Franzi zuckte mit den Schultern. »Wir sollen schon mal bestellen. Alles wie immer.«
»Also einen *Kakao Spezial*«, sagte Marie.
Im Stammcafé der drei !!! war das der absolute Geheimtipp. Getoppt wurde das heiße Getränk nur von der Sommer-Variante namens *LICK*. Das stand für *Lomo Iced Choc Kick*. Allerdings ließ nicht nur Kim auf sich warten, sondern auch der Sommer. Seit Wochen war es kühl. Dabei hatten die Wetterdienste einen besonders heißen Sommer vorhergesagt.
Auf einen unbeständigen Mai war ein nasser Juni gefolgt. Inzwischen ließ sich die Sonne wieder öfter blicken, aber so richtig warm war es noch nicht geworden. Franzi störte das nicht sonderlich. Wer brauchte schon karibische Temperaturen, wenn man den halben Tag in der Schule hocken musste? Und die Natur hatte mehr von dem Regen.
»Sollten wir nicht lieber einen Kamillentee bestellen?«, unterbrach Marie ihre Gedanken.
»Kamillentee?« Sie sah Marie irritiert an. Dann fiel der Groschen. »Wegen Camilla?«
»Ganz genau.« In Maries Stimme schwang Enttäuschung mit. »Kim ist bestimmt wieder mit ihr unterwegs.«
Franzi konnte ihre Reaktion verstehen. Andererseits hatte Marie auch schon einige Treffen verschoben, wenn es um ihren Freund Holger ging. Und Kims Verabredungen mit David waren auch kein Thema. Selbst wenn die beiden mal wieder stundenlang an DIY-Projekten tüftelten oder zusammen Geschich-

ten schrieben. Vielleicht waren Jungs einfach keine Konkurrenz, da sie die Freundschaft der drei !!! nicht veränderten. Befürchtete Marie, dass Camilla ein viertes Ausrufezeichen werden könnte? Unvorstellbar! Aber tief in ihrem Inneren wusste Franzi sowieso, dass Kim nicht vorhatte, sie und Marie zu ersetzen oder Camilla zu einer von ihnen zu machen. Das mit Camilla war anders.

Sie bestellten drei *Kakao Spezial* und drei Mal Waffeln – eine weitere Spezialität des Cafés.

Kurz nachdem die Bedienung alles notiert hatte, kam Kim zu ihnen an den Tisch. Ihre Wangen waren gerötet. Eine steile Zornesfalte stand zwischen ihren dunklen Augenbrauen.

»Gewitterfront im Anmarsch«, kommentierte Marie.

»Das kannst du laut sagen!« Kim ließ sich auf einen freien Stuhl fallen. »Meine Mutter treibt mich in den Wahnsinn.«

»Lass mich raten«, sagte Franzi. »Du solltest zusätzliche Hausaufgaben machen. Und das, obwohl die Sommerferien direkt vor der Tür stehen und dein Zeugnis auch in diesem Jahr wieder super ausfallen wird.«

»Schlimmer.« Kim seufzte. »Ich hatte gedacht, dass wir in den nächsten Wochen ganz entspannt den Sommer genießen: *Café Lomo*, Verabredungen, Picknick im Park, DIY-Projekte, vielleicht ein neuer Fall ...«

»Will sie dich auf eine Sprachreise schicken?«, fragte Marie. »Oder in ein Mathe-Camp?«

»Noch schlimmer«, murmelte Kim. »Wenn sie die ehrgeizige Schulleiterin raushängen lässt, ist das anstrengend. Aber seit sie

Yoga, Achtsamkeit und diesen Gesundheitskram für sich entdeckt hat, kommt sie auf ganz neue Ideen.«
»Ich mag Yoga«, sagte Marie.
»Ich habe auch nichts dagegen«, ereiferte sich Kim. »Aber doch nicht auf einer Schülerfreizeit in der Heide – mitten im Nichts. Sie hat mich gleich für die erste Ferienwoche für das Programm *Auszeit vom Alltag* angemeldet.«
»Du hast auch den Kurs im Kletterwald überstanden«, versuchte Franzi, ihre Freundin zu trösten. »Da hattest du auch Bedenken und am Ende war es richtig schön.«
Die drei !!! hatten die vergangenen Osterferien im Schwarzwald verbracht und ein Ranger-Programm absolviert. Daran dachten sie alle gerne zurück.
»Da wart ihr dabei«, sagte Kim. Sie machte eine Pause und sah ihre Freundinnen an. »Mit euch macht es einfach mehr Spaß.«
Franzi verstand genau, was Kim ihnen gerade mitteilen wollte.
»Wir sollen auch Yoga in der Heide machen?«
»Warum nicht?« Marie strich sich ihre langen blonden Haare aus dem Gesicht und lächelte. »Holger muss mit seinem Parkour-Team in ein Trainingscamp, für das Freibad ist es zu kühl, und bei uns ist noch kein Urlaub geplant …« Das Lächeln verschwand so schnell, wie es gekommen war.
Marie sprach es nicht aus, aber Franzi war sich sicher, dass es um Oma Agnes ging. In den letzten Monaten hatte sich ihr Zustand stetig verschlechtert. Körperlich schien Maries Stief-Oma zwar gesund, aber dafür baute sie geistig ab. Das beschäftigte die gesamte Familie Grevenbroich.

»Jedenfalls wäre eine Woche Yoga gar nicht schlecht«, sagte Marie. »Etwas Kraft tanken, rauskommen und den Kopf freikriegen.«

»Wenn es nur Yoga wäre ...«, sagte Kim. Sie stockte kurz, als die Bedienung drei dampfende Tassen und drei Teller mit duftenden Waffeln auf den Tisch stellte. Dann holte sie tief Luft und berichtete, worum es ging: Eine alte Studienfreundin von Frau Jülich bot ein ganz besonderes Ferienprogramm in einem ehemaligen Internat an. Auf Gut Unkentorf sollten Schüler mithilfe von Yoga, Sport, Natur, kreativen Angeboten und Digitalfasten zur Ruhe kommen. Angeblich half das gegen die Reizüberflutung im Alltag, verbesserte die schulischen Leistungen und stärkte die Gesundheit. Manche Eltern waren so begeistert, dass sie ihre Kinder gleich mehrmals im Jahr dort anmeldeten. Normalerweise war es schwierig, einen Platz in Unkentorf zu bekommen. Doch jetzt hatte ein Jugendzentrum wegen Planungsschwierigkeiten eine ganze Gruppe abgemeldet. Frau Jülich war außer sich vor Freude gewesen. Die freien Plätze wurden nun als Sonderangebot vergeben und Kim war angeblich absolut reif für eine Auszeit von Smartphones, Computern und Internet.

»Digitalfasten.« Kim schnaubte. »Da darf man nicht mal am Abend checken, ob man Nachrichten bekommen hat. Und telefonieren kann man auch nicht.«

Für Franzi klang das gar nicht so schlimm. Ihr Interesse war spätestens bei den Wörtern *Natur* und *Sport* geweckt worden. Außerdem gefiel ihr der Gedanke, dass sie ein paar Tage nichts von Maximilian hören würde. Franzis innere Stimme hatte von Anfang an gegen ihre Gefühle protestiert. Maximilian war mehrere Klassen über ihr, hatte eine Freundin und ein ziemlich bewegtes Leben zwischen Schule, Job und Umweltschutz. Inzwischen war Franzi zum Glück auch nicht mehr verliebt – zumindest nicht, wenn Funkstille herrschte. Leider hielt Maximilian seine Freunde immer auf dem neusten Stand. Fast immer ging es um den Einsatz für die Natur, aber hin und wieder war auch eine nette persönliche Nachricht dabei. Auf die Schmetterlinge, die sich dann ganz sacht in Franzis Bauch meldeten, konnte sie verzichten. Entschlossen sah sie ihre Freundinnen an. »Mir würde das gefallen.«

»Mir eigentlich auch, aber … he!« Marie beugte sich zu Kim rüber. »Schreibst du schon wieder Camilla?«

Kim ließ schuldbewusst das Smartphone sinken, auf das sie eben noch geschaut hatte. Doch dann straffte sie die Schultern. »David hat mir ein Foto geschickt.«

»Und du hast sofort reagiert«, sagte Marie.

»Machst du doch auch«, gab Kim zurück.

Marie grinste. »Stimmt. Also höchste Zeit, mal eine Pause einzulegen, oder?«

»Volle Zustimmung«, sagte Kim. Sie sah nun wieder etwas glücklicher aus. Zögerlich steckte sie ihr Smartphone in den Rucksack. »Wenn ihr mitkommt, wird das vielleicht doch keine Katastrophe.«

»Höchstens ein Kataströphchen.« Marie lachte.

»Ganz genau.« Franzi hob ihren Kakao. »Auf ein gemeinsames

Yoga-Abenteuer in der Heide und einen genialen Start in die Sommerferien!«

An diesem Abend hatte Franzi Stalldienst. Aber das machte ihr nichts aus. Ganz im Gegenteil. Sie liebte die Abendstunden auf dem Hof ihrer Familie. Gerade jetzt, wo es lange hell war, konnte sie stundenlang bei den Tieren sein.
Franzi brachte Heu zur Pferdekoppel. Während Tinka, Leika und Wanda genüsslich die Halme aus den Netzen zupften, wurde Hund Sherlock ausgiebig geknuddelt. Franzis hinkendes Huhn Polly war noch auf der alten Obstbaumwiese unterwegs, gemeinsam mit den Katzen. Nur widerwillig ließ sie sich zu ihren Artgenossen in den Stall bringen.
»Gute Nacht, kleine Federkatze!«, sagte Franzi leise, bevor sie den Stall schloss und zum Wohnhaus ging.
Dort schlug ihr warme Luft und der Geruch von Essen entgegen. Lautes Stimmgewirr kam aus der Küche. Kein Wunder, beim Abendbrot wurde es fast immer eng. Neben den Eltern drängten sich bereits Franzis ältere Schwester Chrissie, ihr großer Bruder Stefan und dessen Freundin Britt um den Tisch. Letztere waren vor einiger Zeit auf dem Hof eingezogen, da sie ein Baby bekommen hatten. In ihrer kleinen Studenten-WG war für den Familienzuwachs kein Platz gewesen. Deutlich mehr Platz gab es im Haus der Winklers zwar auch nicht, aber die jungen Eltern betonten immer wieder, dass sie auf der Suche nach einem eigenen Hof seien, den sie dann mit viel Eigenarbeit renovieren würden. Das blieb bislang jedoch ein Wunschtraum.

Franzi setzte sich auf den letzten freien Platz, direkt neben den Hochstuhl. Ihre Nichte Leni hatte schon mit dem Abendessen angefangen und schob sich Kartoffel- und Möhrenstückchen in den Mund. Vorher wurde jedes einzelne Häppchen noch gründlich mit den winzigen Fingern durchgeknetet. Franzi fand das niedlich. Aber heute war sie nicht für Lenis Bettprogramm zuständig und musste die Kleine daher auch nicht waschen.
Britt, Lenis Mutter, berichtete gerade von ihrem Blog, der immer mehr Follower bekam und richtig durchstartete. Doch Franzi hörte nur mit halbem Ohr zu. Ihr war etwas eingefallen. Darja, ein Mädchen von den *Friends for Future*, war in den Osterferien in einem Ferieninternat gewesen. Bei einem Treffen der Umweltgruppe hatte sie kurz davon erzählt. Eben im *Lomo*, als Kim von den Ferienplänen ihrer Mutter berichtet hatte, war es ihr nicht eingefallen, aber jetzt tauchten Bruchstücke des Gesprächs wieder auf: kein Smartphone, Wandern in der Heide, Sportprogramm … das klang doch ganz nach dem, was Kim erzählt hatte.
Gleich nach dem Abendbrot sprach sie Chrissie an. Ihre große Schwester war ebenfalls Mitglied bei den *Friends for Future*. Außerdem hatte sie sich in letzter Zeit etwas mit Darja angefreundet.
»Sag mal, weißt du noch, wo Darja in den Osterferien war? Dieses ehemalige Internat in der Heide?«
»Hm«, machte Chrissie. »Habe aber keine Ahnung, wie das hieß. Froschdorf oder so. Oder Krötendorf?«
»Gut Unkentorf?«

»Genau«, sagte Chrissie. »War aber wohl auch nicht so toll. Darja war froh, dass sie nur eine Woche hinmusste.«
»Echt?«, hakte Franzi nach. »Darja ist doch nicht gerade handysüchtig. Was hat ihr dann nicht gefallen?«
»Es klang so, als wäre es da merkwürdig.«
»Und du hast nicht nachgefragt?«
»Ich bin keine Detektivin«, antwortete Chrissie. »Außerdem hatten wir andere Probleme. Die *Friends for Future* sind kein Kaffeekränzchen, das sich zum Häkeln trifft. Wir geben vollen Einsatz für die Natur.«
»Das musst du mir nicht sagen«, brummte Franzi. »Hast du wenigstens Darjas Nummer?«
»Keine Zeit, ich muss heute den Abwasch machen«, verkündete Chrissie. Aber dann zückte sie doch noch ihr Handy und schickte Franzi den Kontakt.
Leise huschte Franzi auf den Flur. Im Gehen tippte sie schon die Nummer an. Kurz darauf meldete sich Darja. Leider war sie gerade bei einer Freundin und hatte nur wenig Zeit für Franzis Fragen.
»Ich war über Ostern im Gut Unkentorf«, bestätigte Darja. »Das hat mir gereicht. Ich bin einfach nur froh, dass ich diesen Sommer mit den *Friends* zu einer großen Demo nach Berlin reise. Ich muss jetzt auch Schluss machen. Aber falls wir uns beim nächsten Treffen im Wald nicht sehen, rufe ich dich an, okay? Es gibt da noch etwas, was ich dir über Gut Unkentorf erzählen muss. Es ist ziemlich seltsam, aber …« Darja zögerte. »… Wir besprechen das besser in Ruhe.«

»Klasse«, sagte Franzi. Nachdenklich legte sie auf. Wie hatte Darja ihren letzten Satz gemeint? Gab es ein Geheimnis auf Gut Unkentorf? In Franzis Bauch kribbelte es.

Geheimes Tagebuch von Kim Jülich
Dienstag, 19:30 Uhr

▸ Ben und Lukas, wenn ihr diesen Text lest, dann könnt ihr euch auf gruselige Ferien gefasst machen. Ich werde dafür sorgen, dass Mama jeden Morgen mit euch Yoga macht. Das wird die entspannteste Rache aller Zeiten! ◂

In den letzten Tagen bin ich gar nicht zum Schreiben gekommen. Inzwischen hat sich die Urlaubsfrage geklärt: Wir fahren zu dritt nach Gut Unkentorf!

Bis dahin will ich mich unbedingt noch einmal mit Camilla treffen. Es ist so schön, Zeit mit ihr zu verbringen. Wir haben richtig viel Spaß und können supergut reden. Aber ich bin dann irgendwie auch nervös. Bei Marie und Franzi bin ich das nie. Die sind mir nach all den gemeinsamen Abenteuern total vertraut. Bei Camilla ist alles neu. Aber ich habe auch ein schlechtes Gewissen, weil ich nicht ganz so viel Zeit für die drei !!! hatte. Und David fragt dauernd, wann wir mal wieder ein neues DIY-Projekt starten. In den Ferien zunächst wohl nicht. Dafür hat er Verständnis. Er weiß ja, dass ich nicht freiwillig nach Unkentorf fahre.

Franzi und Marie schon. Ich glaube, die können sich noch nicht vorstellen, was da auf uns zukommt.

Unkentorf ist das reinste Funkloch! Ich habe natürlich recherchiert. Es handelt sich um einen alten Gutshof, der früher als Internat genutzt wurde. Dann war er ein Schullandheim. Seit zwei Jahren gehört das Gut Evelyn Bertram. Sie ist eine alte Freundin von Mama und bietet Entschleunigung für Jugendliche an. Zwischen den Ferien kommen wohl ganze Schulklassen dorthin. Die Fotos im Flyer sehen nett aus:

blühende Heide, ein Platz für Lagerfeuer, ein Teich, Hühner, Kaninchen und sogar Alpakas. Aber das sind alles nur Ausschnitte, die für das Programm werben.
Die Kommentare im Internet sprechen für sich. *Analoger Albtraum* und *Ende der Welt* gehörten noch zu den freundlichsten Bewertungen. In einem Zeitungsartikel habe ich gelesen, dass sich die Bewohner der Gegend schon lange einen Ausbau des Glasfasernetzes wünschen. In der Heide gibt es viele Funklöcher. Doch anscheinend ist das langsame Internet ein noch größeres Problem. Es reicht gerade, um ein paar Mails zu verschicken. Ich schätze, dass Mamas Freundin sich genau deshalb für den Standort entschieden hat. Da können die Schüler nicht mal eben auf der Suche nach WLAN ins nächste Dorf wandern und geschmuggelte Handys bringen auch nichts.
Ich muss Camilla wohl wieder eine Postkarte schicken. Im Schwarzwald habe ich das ja auch schon gemacht. Und Fotos mache ich mit Papas alter Kamera. Ich denke doch, dass das in Unkentorf erlaubt ist. Es ist so ein Teil, bei dem man noch einen Film reinlegen muss. Wenn man ein Foto gemacht hat, muss man den mit einem Rädchen ein Stück weiterdrehen. Später können die Bilder in einem Labor entwickelt werden.

Detektivtagebuch von Kim Jülich
Dienstag, 20:02 Uhr

Wir haben schon länger keinen Fall mehr übernommen. Aber vielleicht stolpern Franzi, Marie und ich ja auf Gut Unkentorf über ein Geheimnis. Eine Bekannte von Franzi hat so merkwürdige Andeutungen gemacht. Franzi wollte mit ihr sprechen, aber bislang hat es nie gepasst. Diese Darja ist unheimlich engagiert bei den *Friends for Future* und bereitet wohl eine große Demo vor. Ich hoffe, dass Franzi doch noch eine Gelegenheit findet, sie genauer zu befragen.

Auftrag mit Hindernissen

Am ersten Tag der Ferien lag ein Hauch von Sommer in der Luft. Im Zug bekam man davon jedoch nur wenig mit. In den kühlen Gängen roch es nach belegten Broten, Parfüm und alten Socken. Franzi schaute aus dem Fenster, wo sich inzwischen kleine Dörfer, Felder, Wiesen und Wälder abwechselten. Ihre Freundinnen waren ungewohnt still.
Marie hatte sich auf dem Bahnsteig nur schwer von Holger trennen können. Außerdem beschäftigte sie die Sache mit Oma Agnes. Zwei Tage vor der Abreise hatten die Grevenbroichs sich schweren Herzens entschieden, dass Oma Agnes nicht länger allein von Opa Herbert und dem Rest der Familie betreut werden konnte.

Woran Kim dachte, wusste Franzi nicht. Erst jetzt bemerkte sie, dass Kim deutlich weniger von sich erzählte als früher. Hin und wieder hatte sie von ihren Brüdern berichtet oder von Erlebnissen in der Schule. Treffen mit Camilla wurden nur am Rand erwähnt und von David redete sie kaum noch.

»Ich werde mich für Textildesign eintragen«, unterbrach Marie die lange Redepause. »Das ist einer der Kurse, die freiwillig sind.«
»Leider gilt das nicht für Yoga«, sagte Kim. »Und Wanderungen sind auch verpflichtend. Aber ich habe mir überlegt, dass Handlettering Spaß machen könnte.«
»Schicke Handschrift?«, fragte Franzi zweifelnd. »Das ist vermutlich nur etwas für Künstler und Tagebuchschreiber.«
»Du nimmst natürlich das Sportprogramm am Morgen«, vermutete Kim.
Franzi nickte. »Frühsport. Gleich fit in den Tag starten.«

Für den letzten Streckenabschnitt mussten sie in einen Regionalzug umsteigen. Die wenigen Waggons waren so gut wie leer. Im Großraumabteil saßen außer den drei Freundinnen nur noch ein Ehepaar mit Wanderstöcken und ein paar Jugendliche, die etwas älter waren als die drei !!!.
Beim Umsteigen hatte sie gesehen, dass sie sich auf dem Bahnsteig begrüßt hatten. Offenbar waren sie aus unterschiedlichen Richtungen gekommen, kannten sich aber schon. Möglich, dass sie ebenfalls nach Unkentorf wollten. Was sie redeten, konnte Franzi nicht verstehen, da sie ganz am anderen Ende saßen. Ein Mädchen schaute schon seit ein paar Minuten neugierig zu ihnen herüber. Gerade, als Franzi ihren Freundinnen davon berichten wollte, klingelte ihr Handy. Sie hatte es für die Reise eingesteckt. Die elektronischen Geräte musste man erst auf Gut Unkentorf abgeben.

Die Nummer kannte Franzi nicht. Trotzdem nahm sie den Anruf an.

»Ich bin es, Darja!«, hörte sie. Dann ertönte ein Zischen und Knacken. Die Verbindung war nicht gerade die beste.

»Ich will ... Berlin ... und ...«, fuhr Darja fort.

»Ich kann dich kaum verstehen!«, rief Franzi.

Die Wanderer warfen ihr einen strengen Blick zu.

»Ihr seid ... als Detektivinnen ... schrrrr ...«, sagte Darja.

Franzi horchte auf. »Kannst du das wiederholen?«

»Ich weiß, ihr seid Detektivinnen ...« Wieder brach die Verbindung ab. Störgeräusche folgten, dann: »... wachsam ... Verbrechen ... und ziemlich merkwürdig ... passt ... Widder-Spinn ... nachgeforscht ... Becken ... Total unheimlich!«

»Unheimlich?«, fragte Franzi.

»Ich würde auf keinen Fall ...«, sagte Darja noch, bevor die Verbindung endgültig abbrach.

Franzi starrte das Smartphone an. Tatsächlich gab es hier gerade kein Netz. Sie musste Darja unbedingt zurückrufen, sobald sie wieder Empfang hatte. Hatte Darja sie gewarnt oder war das eben ein Auftrag gewesen? Gab es in Unkentorf etwa einen Fall für die drei !!!?

Franzi brachte ihre Freundinnen auf den neusten Stand. Dabei wanderte ihr Blick immer wieder auf das Display ihres Handys. Als endlich ein Balken in der oberen Ecke erschien, quietschten die Bremsen des Zuges.

»Hier müssen wir raus.« Marie sprang auf.

Eilig griffen die Mädchen nach ihrem Gepäck.
»Ruf Darja schnell zurück«, sagte Kim, während sie in Richtung Tür gingen.
»Na klar«, versprach Franzi. »Aber wir dürfen nicht das Shuttle verpassen.«
Dicht gefolgt von den Jugendlichen schleppten sie ihr Gepäck an die Straße. Dort gab es eine kleine Bushaltestelle, an der bereits drei weitere Jugendliche mit Rucksäcken warteten. Sie wirkten etwas verloren in der einsamen Umgebung. In der Ferne sah man statt Häusern nur ein Kiefernwäldchen und vereinzelte Birken. Selbst der Bahnhofskiosk hatte das Rollo heruntergelassen. Das Schild *Wegen Urlaub geschlossen* baumelte an einem Haken.
»Willkommen zurück im Nichts«, begrüßte ein Mädchen mit roten Locken die Wartenden. »Macht euch bereit für den Kulturschock, ihr Kaulquappen.«
»Wollt ihr auch nach Unkentorf?«, fragte ein Junge.
»Aber klar«, antwortete sie. »Einmal Unke, immer Unke. Ich bin Manon von den Eulen-Unken.«
Die Neuen sahen sie ebenso ratlos an wie die drei !!!.
»Werdet ihr schon noch checken.«
»Wo ist die Bertram denn?« Einer der Jungen aus dem Zug sah auf die Uhr. »Nicht, dass wir den Bus nehmen müssen.«
»Der fährt so gut wie nie«, sagte ein schwarzhaariges Mädchen.
Gemeinsam mit ihren Freundinnen warf Franzi einen Blick auf die Infotafel der Buslinie. Das Mädchen hatte recht. Die Busse

fuhren im Takt von ein bis zwei Stunden. Abends und am Wochenende waren die Abstände sogar noch größer. Und laufen konnten sie mit dem Gepäck nicht. Unkentorf lag beinahe am Ende der Linie. Danach folgte nur noch eine weitere Haltestelle.

»Wir sind gerettet!« Das schwarzhaarige Mädchen war an die Straße getreten und deutete nun auf einen gelben Schulbus, der in ihre Richtung fuhr. »Das Unken-Shuttle kommt.«

»Wer ist das denn am Steuer? Ein Papagei?«

»Cooper, du bist echt nicht auf dem neusten Stand.« Manon grinste. »Sie war schon im Frühling hier und heißt Karen Zenker. Die macht jetzt die Nähkurse, weil die Meckerziege in Rente gegangen ist. Außerdem ist sie Vertrauenslehrerin. Ihre Outfits sind etwas schräg, aber sie ist okay.«

Der gelbe Schulbus hielt direkt vor ihnen. Eine dunkelblonde Frau in einer wild gemusterten Bluse saß am Steuer. Franzi schätzte sie auf Ende zwanzig.

»Hi, Karen!«, rief Manon. »Ist deine Uhr kaputt?«

Die Frau lachte. »Nicht so frech. Ich bin eine Lehrkraft.« Sie sah in die Runde. »Mein Name ist Karen. Ihr könnt mich duzen, und ich hoffe, dass ihr alle zu mir in den Textil-Kurs kommt. Aber jetzt steigt ein. Wir sind spät dran!«

Karen Zenker wartete, bis auch die letzte Tasche verstaut war und alle Platz genommen hatten.

»Fertig?« Sie startete den Motor und fuhr schwungvoll an. »Schon mal ein paar kleine Infos für alle, die zum ersten Mal Ferien in Unkentorf machen: Frau Bertram wird euch gleich empfangen. Sie ist die Leiterin von Gut Unkentorf und sammelt eure Smartphones ein. Wie ihr vielleicht wisst, ist Gut Unkentorf ziemlich alt. Wundert euch also nicht, wenn mal das Licht flackert oder die Toilettenspülungen einen Heidenlärm machen.«

»Erwartet einfach kein Luxushotel!«, rief Manon. »Und geht nachts nicht raus. Sonst holt euch der Hausgeist.«

»Den hast du eben erfunden«, wandte Karen Zenker ein. »Dennoch ist es verboten, nachts im Haus herumzulaufen. Frau Bertram ist recht streng. Mitternachtspartys und heimliche Ausflüge kommen bei ihr nicht so gut an.«

»Dann gibt es Stalldienst«, stöhnte Cooper. »Schon erlebt.«

»Wenn ihr telefonieren wollt, könnt ihr die Telefonzelle vor dem Supermarkt im Dorf nutzen«, fuhr Frau Zenker fort.

Inzwischen fuhr der Bus eine schmale Allee mit krummen Bäumen entlang. Während rechts davon Wiesen und Wäldchen lagen, ersteckte sich links der Fahrbahn eine sandige Landschaft mit blühenden Heidebüscheln, einsamen Zypressen und vereinzelten Kiefern.

»Kleiner Tipp: Im Supermarkt gibt es auch ein Café und eine Postfiliale. Versucht aber bloß nicht, dort Prepaid-Karten für ein Zweithandy zu ergattern. Die Ladenbesitzerin meldet das Frau Bertram.«

»Das lohnt sich echt nicht«, erklärte Cooper den anderen Neulingen. »Empfang gibt es nur im Bürotrakt und da wird man leicht erwischt. Nur so viel: Zwei Tage Klo schrubben machen einen anderen Menschen aus dir.«

Ein paar Schüler lachten verhalten.
Franzi nutzte den Moment, um einen Blick auf ihr Smartphone zu werfen. Ein Balken! Aber telefonieren konnte sie hier im Bus nicht. Dafür saßen die anderen zu nah. Sie tippte schnell eine SMS an Darja:

Kannst du mir die Infos kurz schreiben? Bin gleich im Gut. LG und danke!

»Wir sind gleich da!« Karen Zenker drosselte das Tempo. Links kam ein sandfarbenes Herrenhaus in Sicht – ein verwinkelter, dreistöckiger Bau mit vielen Schornsteinen. Die Mittagssonne spiegelte sich in den Sprossenfenstern.
Eilig rief Franzi den Kontakt von Darja auf. Die Nummer notierte sie sich auf dem Unterarm. Für alle Fälle konnte sie Darja dann vielleicht aus der Telefonzelle anrufen.

Das Gutshaus wirkte von Nahem deutlich größer und älter.
»Wie in einem Gruselfilm«, wisperte ein Mädchen hinter Franzi.
»Herzlich willkommen, mein Name ist Evelyn Bertram«, sagte eine strenge Stimme. Sie gehörte zu einer großen Frau mit dunklen Haaren. »Tretet ein.« Mit einer würdevollen Bewegung deutete sie auf die Eingangshalle, die hinter ihr im Halbdunkel lag. Auf den schwarz-weiß gemusterten Fliesen hallten die Schritte der Schüler nach. Die Glühbirnen in den Kronleuchtern waren gedimmt und flackerten wie ausbrennende

Kerzen. Ein kühler Hauch streifte Franzis Nacken. Während Evelyn Bertram die Hausregeln aufzählte, warf Franzi einen kurzen Blick auf ihr Smartphone. Ihr Herz hüpfte. Sie hatte zwei Nachrichten erhalten. Ein Bild von Maximilian und eine Nachricht von Darja!

»Das kannst du mir gleich geben.« Frau Bertram war – wie aus dem Nichts – vor Franzi aufgetaucht. In den Händen hielt sie eine Truhe aus dunklem Mahagoniholz. Der Deckel war aufgeklappt. »Alle Mobiltelefone bitte hier hinein. Das gilt auch für Smartwatches, Konsolen und andere Geräte.«

»Ich will nur kurz …«, begann Franzi und erntete prompt einen Blick, der sie verstummen ließ.

»Wir halten hier die Hausregeln ein!« Frau Bertram trommelte mit ihren dünnen, langen Fingern nervös an die Seiten der Truhe.

Widerwillig legte Franzi das Smartphone hinein. Es war ein merkwürdiges Gefühl. Nicht nur wegen der Nachrichten, die sie jetzt nicht mehr lesen konnte. Franzi hatte gedacht, dass ihr Telefon und Internet nicht wirklich wichtig waren. Plötzlich ganz ohne dazustehen, war trotzdem ungewohnt.

Auch Marie und Kim schien es schwerzufallen, sich von ihren Geräten zu trennen. Als Detektivinnen hatten ihnen die Smartphones schon oft gute Dienste geleistet.

»Darf ich den Fotoapparat behalten?«, fragte Kim, nachdem sie ihr Handy abgegeben hatte. Die alte Kamera ihres Vaters trug sie jetzt an einem Riemen über der Schulter.

Frau Bertram nickte knapp, bevor sie auch schon die nächste

Schülerin ansteuerte. Ein Mädchen weinte, als sie ihr Smartphone abgab. Die meisten wirkten jedoch eher entspannt. Ein Großteil von ihnen war schließlich schon mehrfach hier gewesen und vermutlich daran gewöhnt.

Es dauerte nicht lange, bis Evelyn Bertram die gefüllte Truhe an Karen Zenker weitergab. »Halten Sie das bitte.«

Die Leiterin zog ein Schloss aus der Tasche ihres Jacketts und machte es am Verschluss der Truhe fest.

»Soll ich die Sachen fortbringen, gnädige Frau?« Die tiefe Stimme gehörte zu einem Schatten, der sich aus einem Gang löste. Franzi erkannte einen grauhaarigen Mann, der eine Latzhose trug.

»Sehr gerne, Herr Rasser«, sagte Frau Bertram. Dann wandte sie sich an die Schüler. »Johann Rasser ist hier der Hausmeister. Er darf euch Strafdienste auferlegen, wenn ihr gegen die Regeln verstoßt.«

Der Mann sah misstrauisch in die Runde. »Ihr kennt jetzt die Hausordnung. Haltet euch daran. Und wenn euch euer Leben lieb ist, geht ihr auf keinen Fall in die alte Schwimmhalle.«

Die Leiterin von Gut Unkentorf nickte ernst. Es handelte sich also nicht um einen Scherz.

»Was für eine Schwimmhalle?«, fragte Franzi leise.

Kim zuckte mit den Schultern. »Keine Ahnung. Davon stand nichts im Flyer.«

Frau Bertram warf ihnen einen warnenden Blick zu. »Ich werde jetzt Namensschilder zum Anstecken verteilen und dann beginnen wir mit der Zimmerverteilung.«

Die drei !!! hatten gehofft, ein Dreierzimmer zu bekommen. Wie sich herausstellte, waren die Schüler in den Schlafräumen entweder zu viert oder zu sechst untergebracht. So wurde ihnen für das Schnucken-Zimmer noch Teona zugeteilt, ein fünfzehnjähriges Mädchen, das bereits zum vierten Mal in Unkentorf war. Im Bus war sie Franzi gar nicht aufgefallen. Vermutlich lag das daran, dass Teona nicht gerade gesellig war und anderen die Bühne überließ. Mit der Zimmerverteilung schien sie nicht sehr glücklich zu sein.

»Sorry, Teo«, sagte Manon. Sie war in der Eulen-Kammer gelandet. »Es kann nur vier Eulen-Unken geben. Aber du darfst rüberkommen, wenn die kleinen Kaulquappen nerven.«

»Kleine Kaulquappen?«, fragte Marie kühl.

»So nennen wir die Neuen.« Manon grinste. »Besonders, wenn sie zu den Jüngeren gehören. Nehmt es euch nicht zu Herzen. Aus euch können noch echte Unken werden.«

»Alle Jungs aus dem Karpfen-Grund hierher!«, donnerte Hausmeister Rasser. »Ich zeige euch den Weg zu eurem Zimmer.«

»Ich bin wieder im Falken-Turm!«, rief Cooper. Er drängte sich an ihnen vorbei und steuerte eine breite Treppe an. »Wer zuerst oben ist!«

Drei Jungen drängten sofort hinterher.

Langsam löste sich die Menge in der Eingangshalle auf. Franzi, Kim und Marie folgten Teona, die sich bereits auskannte. Sie führte sie über zwei Treppen ins Dachgeschoss. Dort bog sie in einen langen, dunklen Flur, an dessen Wänden Schwarz-Weiß-Fotografien von jungen Sportlern hingen. Im Vorbeigehen sah

Franzi Läufer, Schwimmer und einige Leistungsturner. Vermutlich stammten die Bilder noch aus der Zeit, als Gut Unkentorf ein Internat gewesen war.

Teona blieb vor einer Tür stehen. »Hier ist das Schnucken-Zimmer. Schnucken sind …«

»… nordische Kurzschwanzschafe.« Franzi grinste. Wenn es um Tiere ging, kannte sie sich aus.

Kim öffnete inzwischen die Tür. »Nett!«

Nun spähte auch Franzi in den Raum. Wegen der Dachschrägen reichte der Platz gerade für zwei Stockbetten und einen Schrank mit vier Fächern. Die Einrichtung wirkte alt, aber nicht ungemütlich.

»Wo ist unser Bad?«, fragte Marie. Vergeblich sah sie sich nach einer weiteren Tür um.

»Von hier aus zwei Türen weiter«, erklärte Teona. »Gegenüber hängt das Bild eines Läufers. Wir teilen es mit den *Eulen* und den Mädchen aus der Schmetterlings-Stube.«

»Und wie soll das gehen?«, fragte Marie.

»Wie in der Jugendherberge.« Kim lachte. »Du schaffst das schon.«

»Lieber ein schlechtes Bad als eine schlechte Aussicht.« Franzi öffnete das einzige Fenster im Zimmer und sah hinaus. Sie sog die würzige Luft ein und stellte fest, dass es beinahe vertraut roch. Kein Wunder: Auf dieser Seite des Hauses lagen der Garten und der Hühnerhof. Wo zu Hause auf dem Winkler-Hof die alten Obstbäume wuchsen, erstreckte sich hier die blühende Heidelandschaft. »Das ist ja schön.«

»Warte nur, bis dich der Hahn weckt«, sagte Teona.
Franzi drehte den Kopf in Richtung Norden. Man konnte gerade noch so eben den Sportplatz erkennen, der sich hinter dem Gutshaus befand. Auf den zweiten Blick entdeckte Franzi in einiger Entfernung auch noch eine Halle. Sie stand im Schatten einiger Kiefern, ganz am Rand des Grundstücks. Offenbar gehörte sie noch zum Sport-Bereich.
Franzi wollte gerade Teona danach fragen, als sich ihre neue Zimmergenossin auch schon verabschiedete. »Wir sehen uns später.«
»Bis dann«, murmelte Kim.
Marie war inzwischen damit beschäftigt, ihr Gepäck unterzubringen. Sie schnaufte und blies angestrengt eine Strähne aus dem Gesicht. »Ich bekomme das nie und nimmer in das Schrankfach.«
»Schieb es unter das Bett!«, empfahl Franzi.
»Wir sollten die Gelegenheit nutzen und kurz über den Fall reden.« Kim trat näher an ihre Freundinnen heran. »Wir sind uns doch einig, dass wir einen Auftrag bekommen haben, oder?«
»Ich denke schon«, stimmte Franzi zu. »Warum hätte Darja sonst unser Detektiv-Team erwähnt?«
»Wir müssen alles notieren, bevor wir etwas vergessen.« Kim öffnete ihren Rucksack. Das Detektivtagebuch für unterwegs und einen Stift hatte sie immer bei sich. Das gehörte zur Standardausrüstung der Detektivinnen.
»Ich glaube, sie hat gesagt, dass wir wachsam sein sollen.«

Franzi versuchte, sich so genau wie möglich an das Gespräch mit Darja zu erinnern. »Dann kam etwas über Verbrechen oder Verbrecher. Aber das konnte ich leider nicht richtig verstehen.«

»Zu dumm, dass der Empfang da schon so schlecht war«, sagte Marie, die noch immer mit ihrer Tasche kämpfte. Sie passte nicht unter das Bett.

»Darja meinte, dass es hier unheimlich ist. Und zum Schluss kam noch das Wort *Widder-Spinn.*«

»Widder-Spinne?«, fragte Kim.

»Das habe ich verstanden. Es könnte auch Winter-Spinne gewesen sein. Oder Winter-Spinner? Falls das mehr Sinn ergibt.«

»Wir kennen den genauen Auftrag nicht«, fasste Kim zusammen. »Aber wir können die Augen und Ohren offen halten. Sobald wir wieder unter uns sind, tauschen wir unsere Beobachtungen aus.«

Noch während Kim den letzten Satz sprach, ging die Zimmertür auf. Teona blickte missmutig in die Runde. »Ich soll die Kaulquappen-Tour übernehmen. Also kommt. Wir holen die anderen Neuen ab und dann zeige ich euch das Gelände.«

Schrecken in der Nacht

»Gut Unkentorf ist irgendwie seltsam«, sagte Marie, als der Rundgang für die Neuen beendet war.

Die drei !!! standen am Schwarzen Brett in der Eingangshalle. Hier hingen die Hausregeln, eine Übersichtskarte der Umgebung, die Listen mit den Pflicht- und Wahlkursen, zusätzliche Freizeitangebote und eine Übersicht mit Küchendiensten und anderen Pflichten, zu denen man eingeteilt werden konnte.

»Aber etwas Kriminelles ist mir bislang nicht aufgefallen«, wandte Kim ein.

»Natürlich nicht.« Marie lachte leise. »Hast du erwartet, dass wir hier einen Aushang finden, bei dem ein Verbrecher nach Aushilfen sucht?«

»Genau das«, scherzte Kim. Dann blieb sie vor einem Aushang stehen. »Schaut mal!«

Franzi betrachtete den Zettel, der so gar nicht zu den anderen passte. Das Logo von Gut Unkentorf fehlte, dafür gab es farbige Illustrationen von Zauberern, Elfen und Drachen. *»Der Bund der Druiden«,* las Kim vor. *»Spieleabend mit Ronny.«*

Erstaunt stellte Franzi fest, dass die Tabelle für die Anmeldungen schon fast voll war. Es sah ganz so aus, als hätte sich bereits ein Großteil der Schüler eingetragen.

»Geht es da um Brettspiele, oder laufen da alle verkleidet herum und tun so, als müssten sie eine Märchenwelt retten?«, fragte Marie.

»*Ein bunter Abend mit Spieleklassikern, Fantasy-Games und spannenden Escape-Abenteuern*«, las Kim vor. Sie beugte sich vor, bis ihre Nase den Zettel beinahe berührte.

»Bist du spontan kurzsichtig geworden?« Marie grinste.

»Da ist etwas auf dem Amulett des Zauberers.« Kim trat wieder einen Schritt zurück und blinzelte.

Jetzt sah Franzi, was Kim sich angeschaut hatte. In der unteren Ecke stand ein Mann mit Spitzhut und Umhang, einen knorrigen Stab in der Hand. Um den Hals trug er eine Kette mit einem großen, runden Amulett. Ein genauer Blick zeigte, dass jemand das Bild verändert hatte. Statt des ursprünglichen Amuletts waren feine Linien eingezeichnet. Franzi kniff die Augen zusammen. »Soll das ein Schädel sein?«

»Wenn ihr mich fragt, ist das ein Widderkopf – in einem Netz.«

»Eine Widder-Spinne!«, entfuhr es Marie. »Ich fasse es nicht! Kim, ich nehme alles zurück. Es gibt tatsächlich einen Aushang mit einer heißen Spur.«

»Pst!«, machte Kim.

Im selben Augenblick hörte Franzi etwas. Sie fuhr herum. Die Halle war leer. Aber Franzi war sich trotzdem sicher, dass jemand in der Nähe gewesen war. Mehrere Türen und zwei dunkle Gänge zweigten von der Halle ab, und dann gab es auch noch die Treppe. Falls jemand die drei !!! belauschen wollte, hatte die Person hier ein leichtes Spiel. Das schien auch Kim zu denken. Sie nahm Blickkontakt zu Franzi und Marie auf und formte kaum sichtbar mit den Lippen das Wort *leise*.

Marie nickte. Franzi ebenfalls.

»Dann tragen wir uns mal für die Angebote ein«, sagte Kim. Sie schnappte sich ihren Kugelschreiber und schrieb ihre Namen auf die Liste für den Spieleabend.

»Sehr schlau!«, ertönte hinter ihnen eine Jungenstimme. Cooper lehnte an einem Türrahmen ganz in der Nähe. »Die Aktionen von Ronny darf man sich nicht entgehen lassen.«

»Wer ist Ronny überhaupt?«, wollte Marie wissen.

Cooper grinste geheimnisvoll. »Geduld, Geduld! Alles zu seiner Zeit.«

Am ersten Abend fand noch kein Programm statt. Nach dem Essen durften die Schüler sich noch etwas auf dem Außengelände aufhalten, dann begann die Waschraum-Zeit. Damit niemand zu lange im Bad blieb, gab es auch hier Listen auf denen jeder Schülerin fünfzehn Minuten am Morgen sowie am Abend zugeteilt wurden. Da es drei Duschen und drei Waschbecken gab, konnten die drei !!! diese Zeit wenigstens gemeinsam nutzen.

»Ich habe Stress«, sagte Marie. Sie versuchte, ihre Mascara mit einem kleinen Pad zu entfernen.

»Schmink dich doch einfach vorher im Zimmer ab«, empfahl Kim. »Dann sparst du Zeit.«
»Oder du lässt es ganz«, überlegte Franzi. »Wenn wir schon digitales Fasten ohne Smartphones machen, könntest du auch Make-up-Fasten machen.«
Franzi wappnete sich für eine empörte Reaktion. Doch Marie blickte nur nachdenklich in den kleinen Spiegel über dem Waschbecken. »Ich weiß nicht, ob ich das möchte.«
»Du musst es nicht«, sagte Kim.
»Ich finde den Trend zum natürlichen Look aber ganz gut«, gab Marie zu. »Eine gesunde Hautcreme, Sonnenschutz und ein hochwertiges Lipgloss, dazu vielleicht noch etwas Wimperntusche. Das ist im Sommer genug.«
»Vollkommen neue Töne!«, staunte Franzi.
»So neu auch nicht«, sagte Marie. »Außerdem gilt das ja nur für normale Tage. Bei besonderen Anlässen ist das volle Programm angesagt.«
Die Mädchen lachten, bis die Tür aufging. Manon und zwei weitere Mädchen aus der Eulen-Kammer traten in den Waschraum.
»Ihr hattet euren Spaß.« Manon schob Marie sanft beiseite, um ihre eigene Tasche auf die Ablage zu stellen. »Jetzt sind wir dran.«
»Wir haben aber noch eine Minute!«, rief Kim.
»Die alten Unken bestimmen, wie lang fünfzehn Minuten sind«, erklärte Manon. Sie lächelte sich selbst im Spiegel zu. »Die Kaulquappen verziehen sich jetzt mal. Quapp, quapp.«

»Das heißt im Schnucken-Zimmer määähh, mähhhhh«, machte ein anderes Mädchen.

»Wie auch immer.« Manon amüsierte sich offenbar prächtig. »Quapp, mähh und auf Wiedersehen.«

Detektivtagebuch von Kim Jülich
Samstag, 19:55 Uhr

Heute nur kurz. Gleich ist Nachtruhe.

Wir haben einen außergewöhnlichen Fall! Darja von den Friends for Future hat Franzi angerufen und erzählt, dass hier auf Gut Unkentorf etwas Merkwürdiges abläuft. Sie hat uns also eine Art Auftrag gegeben, aber die Verbindung war so schlecht, dass Franzi kaum etwas verstanden hat. Unsere einzige Spur führt bislang zu einem Spieleabend. Sonst haben wir kaum etwas erfahren. Die alten Hasen (oder eher alten Unken) sind eine eingeschworene Gemeinschaft. Die reden kaum mit uns. Unsere Zimmergenossin heißt Teona. Sie war auch schon mehrmals hier und ist sehr zurückhaltend. Ob wir ihr vertrauen können? Vielleicht weiß sie etwas.

Was für ein Bild hatte Maximilian wohl geschickt? Als es rund um Franzi still wurde, nahmen ihre Gedanken Fahrt auf. Aus den anderen Betten kamen nur noch leise Atemgeräusche. Ab und zu raschelte eine Decke. Franzi gähnte. Vielleicht war es auch ganz gut, dass sie die Nachricht nicht mehr angesehen hatte. Überhaupt war es erstaunlich entspannend gewesen, nicht ständig erreichbar zu sein. Wäre da nur nicht die zweite Nachricht gewesen – die von Darja. Es wurmte Franzi, dass sie auf gut Glück einen Fall übernahmen, von dem sie fast nichts wussten. Das war, als würde man durch ein trübes Gewässer schwimmen und befürchten, dass irgendwo etwas unter einem war. Plötzlich hörte sie etwas. Unter ihrem Bett! Franzi zuckte zusammen. Ein leises Klopfen. Stille. Ein Rascheln. Und wieder das Klopfen.

»Bist du das?«, wisperte Kim aus dem Nachbarbett. Sie schlief also auch noch nicht.

»Nein«, flüsterte Franzi zurück. »Vielleicht sind es Mäuse.«

»Seit wann trommeln die?«, fragte Kim.

»Ich sehe nach.« Entschlossen beugte sich Franzi vor und spähte unter das Bett. Als Erstes nahm sie die Umrisse ihres Rucksacks wahr. Dann ein zusammengeknülltes Papier und schließlich einen Schatten, der sich ganz hinten in einer Ecke bewegte. Das war keine Maus! Nicht mal Ratten waren so groß.

»Und?«, fragte Kim. Sie klang etwas nervös.

»Was ist denn los?«, murmelte Marie verschlafen.

»Pst!«, machte Teona. »Seid leise.«

»Da ist etwas.« Franzi gab sich keine Mühe, leise zu sein. Sie schnappte sich die Taschenlampe, die neben ihrem Kissen lag, schaltete sie ein und leuchtete unter das Bett.

Das Wesen machte einen Satz. Es schoss davon. Das Licht ging an.

»Ihhhhhh!«, machte Marie. Sie hatte sich aufgesetzt und starrte in die gegenüberliegende Zimmerecke. »Da war etwas.«

»Sage ich doch.« Franzi schlug die Bettdecke beiseite.

Kim hatte die Hand noch am Lichtschalter. »Sagt schon, was war es? Eine Katze?«

»Die laufen doch nicht so komisch«, sagte Marie.
»Mensch, Leute, es ist mitten in der Nacht!«, beschwerte sich Teona.
»Gar nicht«, sagte Kim ruhig. »Außerdem ist ein Tier in unserem Zimmer.«
Teona stöhnte. »Schon verstanden. Lasst mich raten: Es ist ein Huhn.«
»Nein.« Franzi war inzwischen aufgestanden und näherte sich der Nische zwischen Schrank und Wand. Dorthin war das Wesen gesprungen.
»Dann ist es ein ...«
»Kaninchen!«, rief Franzi überrascht. Es war ein großes, geflecktes Tier, das sich auf den Boden duckte. Die Barthaare zitterten und die dunklen Knopfaugen starrten Franzi ängstlich an.
»Schon gut«, sagte Franzi sanft. Langsam streckte sie eine Hand aus. Gerade so weit, dass das Tier daran schnuppern konnte. »Wir tun dir nichts.«
»Was um alles in der Welt macht ein Kaninchen bei uns im Zimmer?«, fragte Marie.
»Ist doch nicht so schlimm«, sagte Franzi. Nächtliche Überraschungen, die lange Ohren und einen Puschelschwanz hatten, fand sie sogar ganz schön. Inzwischen hatte das Kaninchen etwas Vertrauen geschöpft und stellte eines der Ohren auf. Franzis Finger berührten sachte die zitternde Nase. »Du bist aber ein ganz Süßes!«
»So ein Mist.« Teona kletterte von ihrem Hochbett. »Habt

ihr bei den Hausregeln nicht aufgepasst? Tiere sind auf den Zimmern streng verboten. Wenn uns die Nachtaufsicht erwischt, hagelt es Strafdienste.«

»Dann bringen wir es eben wieder raus.« Franzi begann, das warme Fell des Tieres zu streicheln. »Ich mache das gerne.«

»Ich wette, das waren die Jungs.« Teona griff unter Franzis Bett. Als sie die Hand wieder hervorzog, hielt sie ein zerknülltes Blatt Papier in den Fingern. »Na bitte, eine Botschaft von den Falken.«

Kim machte ein wütendes Gesicht. »Cooper und seine Freunde?«

»Genau die«, sagte Teona. Sie faltete das Blatt auseinander und las: *»Das ist nur ein Gruß für euch: Erzittert, ihr Winzlinge! Das war der erste Streich!«*

»Haha«, machte Marie. »Was für ein dämlicher Scherz.«

»Ich weiß schon, weswegen ich nicht in ein Kaulquappen-Zimmer wollte.« Teona kletterte die Leiter zu ihrem Bett wieder hoch. »Bringt das in Ordnung. Wo die Ställe sind, habe ich euch ja bei der Tour gezeigt. Passt aber auf, dass der Rasser euch nicht in die Quere kommt. Mit dem ist nicht zu spaßen.«

Vorsichtig griff Franzi nach dem Kaninchen. Es war überraschend schwer und deutlich weniger weich als erwartet.

»Uff, du bist ein echter Klopper!«, sagte Franzi.

In der Tierarztpraxis ihres Vaters hatte sie es meist mit Zwergkaninchen zu tun. Die waren unter dem dichten Fell leicht wie eine Feder. Der Gigant auf ihrem Arm musste ein Deutscher Riese sein, die größte Kaninchenart der Welt. Die konnten schon mal gut und gerne acht Kilo auf die Waage bringen. Ganz so viel war es in diesem Fall zum Glück nicht. Trotzdem würde es nicht einfach werden, das Tier unbemerkt aus dem Haus zu bringen. Von Teona konnten sie auch keine Hilfe erwarten. Die hatte sich wieder hingelegt und tat, als würde sie schlafen.

»Was machen wir denn jetzt?«, fragte Kim. »Ist die Nachtaufsicht im Bürotrakt? Dann könnte man das doch melden.«

»Das gibt nur neuen Ärger mit den Falken«, brummte es unter Teonas Decke hervor. »Bei harmlosen Streichen wird nicht gepetzt! Also bringt das Tier einfach wieder raus und dann gebt Ruhe.«

Für alle Fälle blieb Kim oben im Zimmer, während Franzi und Marie mit dem Kaninchen die Treppen hinunterschlichen. Am Nachmittag hatten sie im Erdgeschoss eine Hintertür gesehen, die zum Garten führte. Nachts war sie bestimmt verschlossen, aber genau für solche Fälle hatte Marie ihr Dietrichset dabei. Inzwischen war sie richtig geübt darin, Schlösser zu öffnen. Da Franzi beide Hände voll hatte, klemmte sich Marie eine winzige Stiftlampe zwischen die Zähne. Das Licht reichte gerade aus, um den Bereich anzuleuchten, in dem sie arbeiten musste. Geschickt und leise wählte sie einen dünnen Haken und schob ihn in das Schloss. Franzi behielt unterdessen den Gang hinter ihnen im Blick. Es schien, als wären sie allein. Irgendwo tickte eine Uhr. Sonst waren weder Schritte noch Stimmen zu hören.

»Geschafft«, flüsterte Marie. Sie steckte das Dietrichset rasch wieder ein, dann drückte sie die Klinke.

Ein leises Quietschen erklang, gefolgt von einem dumpfen Knarren. Die Mädchen atmeten flach. Beide erwarteten, jeden Moment ertappt zu werden. Doch im Haus regte sich nichts.
Marie nickte Franzi stumm zu. Jetzt musste es schnell gehen. Hintereinander huschten sie hinaus in den Garten. Franzi fröstelte. Für eine Sommernacht war es kühl. Aber der Tag hatte sich noch nicht vollständig verabschiedet. Die Wolken im Westen wurden von gelb-orangen Streifen durchzogen. Ein letzter Gruß der Sonne, bevor die Dunkelheit einsetzte.
Franzi und Marie tappten über eine Rasenfläche bis zu den Ställen. Bei den Hühnern war alles ruhig. Die saßen jetzt im Haus auf ihren Stangen und träumten – ganz im Gegensatz zu den Kaninchen. Die Tiere konnten ungehindert aus ihren Ställen in einen gesicherten Außenbereich hoppeln. Buddeln und Toben war zu dieser späten Stunde nicht angesagt, aber ein Kaninchen saß auf einem Baumstumpf und hielt Ausschau, während die anderen Heu knabberten, kuschelten oder geschäftig an Astschnitten nagten. Marie schob den Riegel an der Tür auf.
»Vorsichtig!«, mahnte Franzi leise. »Nicht, dass die anderen rauslaufen.«
Sie schob den Deutschen Riesen durch den offenen Türspalt.
»Lauf!«
Das Kaninchen blieb unschlüssig hocken und blockierte mit seinem runden Hinterteil die Tür. Marie stöhnte auf.
»Los doch, du bist wieder bei deiner Familie«, raunte Franzi.
Endlich kam Leben in das Tier. Es stellte die Ohren auf und hoppelte zu den anderen.

»Na bitte.« Marie schloss die Gittertür und schob den Riegel wieder vor.

Fast zeitgleich wurde eine andere Tür geöffnet und wieder geschlossen. Das Geräusch kam vom Haupteingang. Franzi und Marie mussten sich nicht absprechen. Seite an Seite huschten sie hinter den Hühnerstall. Gerade noch rechtzeitig. Eine hochgewachsene Gestalt in einem langen, weißen Hemd trat aus dem Haus. Die offenen, langen Haare bewegten sich gespenstisch im Nachtwind. Franzi musste an das Bild des Zauberers denken, das Kim am Schwarzen Brett entdeckt hatte. Doch das hier konnte kein Rollenspiel-Abend sein, oder? Die Art und Weise, wie die Gestalt umherwanderte, erinnerte eher an einen Schlafwandler.

»Was soll das hier werden?« Eine scharfe Stimme durchschnitt die Nacht. Sie gehörte zu einem Mann.

Marie und Franzi duckten sich noch tiefer hinter den Stall. Leider konnten sie nun nicht mehr sehen, was im Vorgarten passierte.

»Die Nacht hat mich gerufen«, antwortete eine andere, deutlich höhere Männerstimme. »Ich spüre eine besondere Energie.«

»Sie sind es!«

»Ich bin. Ich war. Ich werde sein.«

»Meinetwegen. Aber schließen Sie bitte später wieder die Eingangstür ab. Und informieren Sie mich künftig, wenn Sie nachts draußen herumlaufen wollen.«

»Ich laufe nicht, ich wandele.«

»Gilt auch fürs Wandeln.«

»Wollen Sie mich begleiten?«

»Ich muss jetzt meine Runde machen. Bin heute spät dran.«

Wenn Franzi sich nicht täuschte, kam einer der Männer nun in ihre Richtung. Inzwischen war sie sich sicher, dass eine der Stimmen zu Hausmeister Rasser gehörte. Und dem wollte sie wirklich nicht begegnen.

Sie tippte Marie an. Zurück zum Haus konnten sie vorerst nicht. Der Weg war abgeschnitten. Auf dem Sportplatz würde man sie sofort sehen. In der gegenüberliegenden Richtung lag eine kleine Gruppe von Weidenbäumen, die den Unkenweiher einsäumten. Die Tour am Nachmittag hatte bis zu diesem lauschigen Plätzchen geführt. Es war ein beinahe verwunschener Ort, wie gemacht für einen romantischen Abend – oder für zwei Mädchen, die dringend ein Versteck benötigten. Eine Seite war beinahe komplett mit Schilfgras zugewachsen. Hier konnten Franzi und Marie vorerst bleiben.

Bald darauf bereute Franzi ihre Entscheidung. Der Hausmeister tauchte zwar nicht auf, dafür aber Mücken. Sie landeten in den Haaren der Mädchen, auf ihren Armen und auf den Beinen, die nur in dünnen Pyjamahosen steckten.

Franzi hielt es nicht aus. Wenn sie noch etwas weiterliefen, würden sie zu einer Gruppe von Kiefern gelangen. Alles war besser, als hier zum Blutsauger-Buffet zu werden. Das schien Marie ganz recht. Ohne Widerstand folgte sie Franzi durch die Dämmerung. Sie hielten erst an, als sie die erste Reihe von Kiefern erreicht hatten.

Dahinter lag das Gebäude, das Franzi aus dem Zimmerfenster gesehen hatte. Es war weder so alt noch so würdevoll wie das Haupthaus, dafür deutlich baufälliger. Der Putz bröckelte in großen Placken von den Betonwänden ab, und die Fenster waren mit Sperrholzplatten zugenagelt, die mit Graffiti und Sprüchen beschmiert waren. Zwei geriffelte Plastikschläuche im Durchmesser einer Rutsche führten wie Schonsteine zum Dach. Von der Größe und der Höhe her ähnelte es einer geräumigen Schulturnhalle. Franzi nahm an, dass es sich um ein Sportgebäude aus der Zeit des Internats handelte. Vielleicht sogar die Schwimmhalle, vor der man sie gewarnt hatte. Der hintere Teil des Geländes gehörte zwar zum Gut, wurde jedoch nicht für die Ferienprogramme genutzt. Franzi fand das schade. Sie ging gerne schwimmen. Zu Hause war sie im Sommer oft tagelang im Freibad. Eine muffige alte Halle war da natürlich kein guter Ersatz.

Marie beäugte das Gebäude kritisch. »Wollen wir weiter?«

»Warum?«, flüsterte Franzi.

»Meinst du nicht, dass der Hausmeister auf seiner Runde auch hierherkommt?«

»Ich sehe mich mal um.« Franzi pirschte zur Rückseite des Gebäudes.

Inzwischen war es fast dunkel. Das Licht reichte gerade noch aus, um die nähere Umgebung zu erkennen. Hinter der Halle wucherten mannshohe Brennnesseln. Da war in der letzten Zeit wohl keiner langgegangen. Ein guter Fluchtweg war das allerdings auch nicht. Franzis Waden juckten bereits von den

Mückenstichen. Da brauchte sie keine Brennnesseln. Sie versuchte, den Pflanzen nicht zu nahe zu kommen, und spähte um die Ecke. Verdutzt starrte Franzi auf die Nesseln, die hier den ganzen Boden bedeckten. Ein paar der unteren Blätter leuchteten. Es war, als würden sich schwache Strahlen durch das dichte Grün bahnen und sich mit jedem Windhauch bewegen.

»Und?«, wisperte Marie.

»Hier geht es nicht lang«, sagte Franzi. Das seltsame Licht erwähnte sie nicht. Es spielte jetzt keine große Rolle. Wichtiger war, dass sie einen sicheren Platz fanden.

»Da hoch!«, entschied Franzi. Sie deutete auf eine der knorrigen Kiefern.

Marie kratzte sich am Arm, ließ es dann aber sofort wieder sein. Sie nickte ergeben.

Kötel und ein Labyrinth

Am nächsten Morgen krähte der Hahn in voller Lautstärke. So gern Franzi dieses Geräusch auch mochte, es kam ungelegen. Das nächtliche Abenteuer war für sie und Marie gut ausgegangen. Niemand hatte die Rückkehr der Mädchen bemerkt. Dafür war es jedoch sehr spät geworden und die vielen Mückenstiche hatten Franzi am Einschlafen gehindert.

Wie gut, dass der Frühsport und die regulären Kurse erst am Montag beginnen würden. Heute war noch ein ruhiges Wochenendprogramm angesagt. Das bedeutete eine verlängerte Frühstückszeit, eine Achtsamkeits-Wanderung und eine gemeinsame Aktivität am Nachmittag.

Ein weiterer Schrei ertönte. Dieses Mal deutlich näher und schriller.

»Himmel!«, stöhnte Teona. »Dagegen ist der Hahn ja der reinste Wellness-Wecker.«

»Entschuldigung«, kam es kleinlaut von Marie. Sie stand am Fuße der Leiter, die zu ihrem Hochbett führte. »Ich bin eben auf einen Kötel getreten.«

Jetzt sah auch Franzi, dass der nächtliche Besuch Spuren hinterlassen hatte. Im Gegensatz zu Marie fand sie das nicht weiter schlimm. Allerdings war es besser, wenn die Aufsicht die kleinen braunen Kugeln nicht entdeckte. Franzi sprang aus dem Bett und sammelte alles in einer leeren Taschentuchpackung.
»Du bist die Heldin des Alltags«, sagte Marie anerkennend.
»Und der Nacht«, gab Teona zu. »Aber jetzt beeilt euch. Wir dürfen nicht zu spät zum Frühstück kommen.«

Im Speisesaal lernten die Schüler nun auch die restlichen Erwachsenen kennen, die auf dem Gut arbeiteten.
»Der kommt mir bekannt vor.« Marie warf einen vielsagenden Blick auf einen großen Mann mit langen Haaren.
»Guten Morgen«, begrüßte er die Schüler in einem hellen Singsang. »Ich bin Bodhi – Yogalehrer, Aura-Heiler und Ernährungsberater. Die wunderbare Evelyn Bertram hat mich gebeten, in diesem Sommer einen Kurs zu geben. Gemeinsam werden wir euren Geist von negativen Schwingungen befreien und euren Atem in natürlichen Bahnen fließen lassen. Esst nun eure nahrhafte Mahlzeit. Anschließend werden wir ein paar Übungen unter freiem Himmel machen und dann zu unserer Wanderung aufbrechen. Richtet euch schon mal emotional darauf ein, dass wir auf dem Weg durch die Heide schweigen werden. Nur wenn die äußeren Stimmen innehalten, wird unsere innere Stimme zu uns sprechen.«
»Yoga mit vollem Magen?«, murmelte Marie. »Das kann ja heiter werden.«

Heiter wurde es nicht. Auf dünnen Gummimatten mussten die Schüler allerhand Verrenkungen machen. Franzi fühlte, wie sich eine leichte Übelkeit anbahnte. Auch die anderen schienen es bereits zu bereuen, dass sie sich mit Müsli, Haferbrei und Rührei satt gegessen hatten.

»Ich muss aufs Klo!«, beschwerte sich ein Junge aus der Karpfen-Stube.

»Und mir ist schlecht!«, jammerte Cooper von den Falken.

»Eine kleine Pause sei euch gegönnt.« Bodhi verneigte sich huldvoll. »Wir treffen uns in zwanzig Minuten wieder hier.«

»Die letzte Yoga-Tante hat uns schon so gestresst«, schimpfte Cooper, als die Schüler ins Haus liefen. »Aber der ist echt der Oberhammer.«

»Und der Typ ist auch unheimlich«, sagte einer der Karpfen und deutete nach links.

Franzi sah sofort, wen er meinte. Der Hausmeister stand in der Halle und blickte den Schülern griesgrämig entgegen. Er hatte einen Wischmopp dabei, den er wie eine Lanze hielt. Ein Ritter in Latzhose, bereit für den Kampf.

»Hallo, Herr Rasser!«, rief Cooper so höflich, wie man es ihm gar nicht zugetraut hätte.

Herr Rasser brummte etwas Unverständliches.

Die Heidelandschaft zeigte sich von ihrer besten Seite. Das Wetter war sonnig, aber nicht zu warm. Ein paar Schäfchenwolken zogen gemächlich über den blauen Himmel und ganz in der Ferne sah man sogar echte Schafe.

Bodhi führte die schweigenden Schüler über einen sandigen Forstweg bis zu einer Kreuzung, in deren Mitte ein riesiger Steinbrocken aus dem Boden ragte. Dort blieb er abrupt stehen. Die Schüler warteten, was passieren würde. Zunächst atmete Bodhi nur ein und aus. Cooper verdrehte die Augen. Manche Schüler versuchten ebenfalls, bewusst zu atmen.
Franzi sah sich lieber in der Gegend um. Nicht weniger als fünf Wege führten von hier sternförmig in alle Richtungen. Ein verwitterter Wegweiser lag im Heidekraut. Der Pfeil mit der Aufschrift *Unkenmoor* zeigte direkt nach oben. Daneben ragte der *Schäferweg* ins Nichts. Vielleicht hatte das Schild früher auf den Wanderpfad gewiesen, der zu einem Schafstall führte. Franzi konnte von der Kreuzung aus das moosbedeckte Reetdach und das große Tor erkennen. Solche Ställe hatte sie auch schon bei einem Heideurlaub vor ein paar Jahren gesehen. Interessiert hatten sie aber eigentlich nur die Bewohner – besonders die flauschigen Lämmer.
Sie folgte mit den Augen den nächsten zwei Pfaden, die sich in schmalen Linien durch das Heidekraut schlängelten. Der breiteste Weg führte direkt zum Wäldchen. Bodhi wollte vorerst jedoch nicht weiterwandern. Er reckte im Zeitlupentempo die Arme nach oben, nur um sie ebenso langsam wieder sinken zu lassen. Franzis Beine begannen, vor Ungeduld zu kribbeln. Sie wollte sich wieder bewegen. Kim nutzte die Pause für ein paar Fotos, während Marie verträumt in die Ferne sah. Bodhi sog hörbar die Luft ein. Dann schloss er die Augen und berührte den Findling. Eine halbe Ewigkeit später ließ er geräuschvoll

die Luft aus seinen Lungen entweichen. Dann öffnete der Yogalehrer die Augen und sah seine Schüler erwartungsvoll an. Was sollten sie tun?
Bodhi lächelte mild und winkte Cooper zu sich heran. Cooper verdrehte die Augen. Widerwillig schlurfte er dem Mann entgegen, der nun immer wieder abwechselnd auf Cooper und den Stein deutete. Offenbar sollte Cooper das Ritual, das sie eben beobachtet hatten, wiederholen. Mit einem gequälten Gesichtsausdruck streckte Cooper die Arme hoch. Ein paar Jungen lachten. Bodhi winkte nun die nächste Schülerin zu sich heran. Nacheinander mussten sie alle zum Findling gehen und den Stein anfassen. Als Franzi an der Reihe war, spürte sie keine elektrische Energie, dafür die Wärme der Sonne, die inzwischen ein ganzes Stück weiter gestiegen war und nun beinahe über ihnen stand.
Bodhi stimmte ein monotones Summen an, verneigte sich zum Abschied vor dem Findling und setzte endlich die Wanderung fort. Er wählte den Weg in Richtung Wald.
Franzi war heilfroh, sich wieder zu bewegen. Das flotte Tempo machte ihr nichts aus, ganz im Gegenteil. Allerdings dachte sie nun immer häufiger an ihr Pony Tinka. Die Landschaft war wie gemacht für einen Ausritt. Franzi stellte sich vor, wie es wäre, mit Tinka über die einsamen Heidewege zu galoppieren. Es war ein besonderes Sommergefühl, das Franzi erlebte, wenn sie im Sattel saß. Sobald sie wieder zu Hause war, würde sie einen langen Ausritt machen. Egal, wie das Wetter dann sein würde.

Die Wanderung zog sich hin. Nach etwas über einer Stunde blieb Bodhi an einer weiteren Kreuzung stehen. Einen Wegweiser gab es hier nicht. Nur ein paar Birken, die am Rande eines Moorgebiets standen. Langsam drehte sich der Yogalehrer im Kreis. Dann ließ er entmutigt die Schultern fallen und brach sein Schweigen. »Wir haben uns verlaufen!«

»Sie haben sich verlaufen!«, korrigierte Manon und lachte. »Als Neuling sollten Sie nicht ohne Karte losziehen. Die Gegend ist das reinste Labyrinth.«

»Ich wollte meinem inneren Wegweiser folgen«, gestand Bodhi etwas kleinlaut.

»Der hat hier keinen Empfang.« Manon deutete auf Teona. »Wir brauchen eine geübte Pfadfinderin. Du findest den Weg doch selbst mit verbundenen Augen in einem Schneesturm, oder?«

Alle Augen ruhten auf Teona, die nicht gerade erfreut wirkte. Franzi war sich inzwischen sicher, dass ihre Mitbewohnerin aus dem Schnucken-Zimmer gerne auf den Platz im Rampenlicht verzichtete. Teona stand zu ihrer Meinung und konnte sich durchsetzen, hielt sich aber lieber im Hintergrund.

»Komm schon, Teo!«, forderte ein anderes Mädchen aus der Eulen-Kammer. »Wir latschen sonst noch eine halbe Ewigkeit durch die Pampa. Ich habe Durst und werde langsam müde! Willst du, dass wir marschieren, bis uns die Füße qualmen?«

Teona blickte zum Himmel. »Wir müssen nach Westen gehen. Aber die Sonne ist jetzt direkt über uns. Da wird es schwer, die Richtung eindeutig festzustellen.«

»Wie war das noch mit der Wetterseite der Bäume?«, fragte Manon herausfordernd. »Gibt es denn keine brauchbaren Tricks?«

»Moment.« Franzi nahm ihren Rucksack ab und förderte ihren Kompass zutage. Sie drehte den Kompass unter der nach Norden zeigenden Nadel so lange, bis Kompassrose und Nadel übereinanderlagen. »Vielleicht hilft uns das?«

Manon reckte eine Faust in die Luft. »Ein dreifaches Quapp-Quapp-Mäh für die Kaulquappen-Schnucke, die ohne GPS navigieren kann! Wir sind gerettet.«

Teona stellte sich neben Franzi. Konzentriert sah sie zuerst auf den Kompass und dann auf die Kreuzung. »Wenn wir bei den Birken auf den Pfad neben dem Moor abbiegen und uns dann möglichst geradeaus halten, sollten wir irgendwann beim Schäferstieg rauskommen. Von dort aus finden wir leicht zum Gutshof.«

»Wunderbar.« Bodhi strahlte. »Wir werden uns von euch führen lassen. Ich habe volles Vertrauen in euch.«

Nach einem Fußmarsch, der eine gefühlte Ewigkeit dauerte, erreichten sie eine weitere Kreuzung.

»Ich bin mir nicht ganz sicher, welchen Weg wir nehmen müssen«, sagte Teona.

Manon nickte. »Mir kommt das hier zwar bekannt vor, aber mindestens zwei Pfade sehen richtig aus.«

»Ich schaue nach.« Franzi wollte nicht länger warten. Die knorrigen Kiefern waren wie gemacht zum Klettern. Mühelos stieg sie auf die unteren Äste und arbeitete sich geschickt hinauf. Etwas weiter oben geriet der Baum ins Schwanken. Franzi ließ sich jedoch nicht beirren. Die Aussicht war nicht perfekt, aber sie reichte aus. »Ich sehe das Dach des Gutshofs!«, rief sie.

»Prima! Dann komm wieder runter!«, hörte sie Bodhis Stimme.

Franzi wollte sich gerade an den Abstieg machen, als etwas aufblitzte. Es kam von einem uralten Gebäude, das nur ein paar Gehminuten entfernt lag. Das musste der alte Schafstall sein, den Franzi auf dem Hinweg schon entdeckt hatte. Es blinkte wieder. Wie Metall, das die Sonne reflektierte. Nur, dass es auf einem alten Strohdach doch kein Metall geben konnte, oder? Eine Wolke zog vor die Sonne und ein langer Schatten wanderte über die Heidehügel. Das Blinken war weg.

Franzi stieg vom Baum. Kurz dachte sie noch über das Blinken nach, aber dann fiel ihr ein, dass Reetdächer besonders gut vor Gewittern geschützt werden mussten. Natürlich hatten sie Blitzableiter. Und die waren aus Metall.

Dass sie damit richtiggelegen hatte, stellte sie fest, als sie den Stall erreichten. Zwei kurze Metallstangen ragten aus dem verwitterten Stroh, das mit Moos und Flechten bewachsen war. Ein Draht führte von oben an der Außenwand hinab bis zur Erde.

»Kurze Pause!«, verkündete Bodhi.

Inzwischen redeten alle durcheinander. Der Yogalehrer hatte seit dem Rückweg vom Moor nicht mehr auf Schweigen bestanden. Die Mädchen aus der Eulen-Kammer hielten sich dabei betont abseits und tuschelten miteinander. Bodhi positionierte sich im Schneidersitz auf dem Sand und schloss die Augen zu einer Meditation.

»Setzt ihr euch hier einfach so hin?« Marie suchte den Boden ab.

»Klar«, ächzte Kim, die mit rotem Gesicht an den morschen Planken des Stalls lehnte. Über ihr hing eine lange, verbogene Holzleiter, die aussah, als könnte sie jeden Moment herabfallen.

»Rück mal lieber ein Stück«, empfahl Franzi.

»Ich bleibe stehen«, entschied Marie. »Ich will weder erschlagen werden noch mitten in den Köteln landen. Das heute Morgen hat mir gereicht.«

»Hier wohnen seit Ewigkeiten keine Heidschnucken mehr«, sagte Teona. Sie nahm neben Kim Platz, nachdem sie vorsichtig an der Leiter geruckelt hatte. »Für Vogeldreck, Fuchskot und andere Hinterlassenschaften übernehme ich aber keine Garantie.«

»Weißt du, ob es hier einen Brunnen gibt?«, fragte Kim. »Ich habe so einen Durst! Mein Wasser ist schon alle.«

»Keine Ahnung«, antwortete Teona. »Ich fürchte, du musst noch etwas aushalten. Aber von der anderen Seite des Stalls kannst du schon den Gutshof sehen. Es ist wirklich nicht mehr weit.«

»Gut«, schnaufte Kim.

Die Aussicht auf ein Getränk gab allen Kraft. Auf Bodhis Bitte

hin rappelten sie sich hoch und stapften zurück bis zu dem Findling, an dem sie die Wanderung begonnen hatten. Von dort aus waren es nur noch ein paar Minuten zum Internat.
Bodhis Gelassenheit wich zunehmend einem gestressten Ausdruck. Sicherlich überlegte er bereits, wie er seiner Chefin die Verspätung erklären konnte. Laut Tagesplan hätten die Schüler schon längst beim Mittagessen sitzen sollen.
Zu Bodhis Erleichterung wählten Manon und Teona kurz hinter der Kreuzung noch eine kleine Abkürzung: einen Trampelpfad, der von hinten über den Sportplatz des Gutshofs führte und ihnen den Umweg über die Auffahrt zum Haupttor ersparte. Das verfallene Gemäuer, das Franzi bei Nacht gesehen hatte, wirkte auch bei Tage nicht gerade vertrauenserweckend. Das Schild an dem Gebäude ließ keinen Zweifel mehr, dass es sich um das alte Schwimmbad handelte. Die Buchstaben »SC W MMHA LE« konnte man gerade noch so eben entziffern.
»Eine bedenkliche Aura«, sagte Bodhi direkt hinter Franzi. »Hier müsste mal jemand die negativen Schwingungen auflösen. Ich spüre förmlich die dunkle Energie, die von diesem Platz ausgeht.«
»Alles voller Geister«, sagte ein Falke.
Cooper und Manon lachten.
»Zum Thema Geister muss ich euch nachher noch etwas erzählen«, flüsterte Franzi ihren Freundinnen zu.
Bisher war sie nicht dazu gekommen, von dem seltsamen Licht zu berichten, das sie in der Nacht gesehen hatte. Gut möglich, dass es bedeutungslos war. Aber solange nicht eindeutig klar

war, was die drei !!! hier ermitteln sollten, konnte jedes Detail wichtig sein.

»Bloß weg hier!«, warnte einer der Karpfen – ein Junge, der ebenfalls zum ersten Mal auf Gut Unkentorf war. Auf seinem Namensschild stand Piet. »Gleich springt wieder dieser Rasser aus dem Gebüsch und macht uns fertig.«

»Der hat voll den Sonnenstich«, bestätigte sein Freund. »Wir wollten uns hier gestern ganz harmlos die Sportanlagen ansehen, da prescht der Typ urplötzlich auf uns los und macht uns zur Schnecke.«

»Ihr dürft nicht hier hin!«, imitierte Piet den Hausmeister. »Das ist gefährlich!«

»Als ob wir in den maroden Kasten reingehen würden. Wir waren noch nicht mal in der Nähe der Tür. Wobei das schon ein krasser Ort für eine Mutprobe wäre. Stellt euch mal vor, wie heftig das nachts sein muss.«

»Lass es besser«, schlug Manon ungewohnt vernünftig vor. »Rasser schnappt dich, bevor du an der Tür bist!«

Im Gehen drehte sich Franzi noch einmal nach der Schwimmhalle um. Das seltsame Licht zwischen den Brennnesseln ging ihr nicht aus dem Kopf.

Ronnys bunter Abend

Während der Nachmittags-Freizeit durften sich alle Schüler frei auf dem Gelände bewegen. Natürlich nur im Rahmen der Hausregeln. Auf größere Ausflüge verzichteten sie allerdings. Die Wanderung war erstaunlich anstrengend gewesen. Auch für Bodhi. Der Yogalehrer lag ausgestreckt auf einer Matte im Garten – angeblich, um zu meditieren. Vereinzelte Schnarcher verrieten, dass er gerade mit einer anderen Art der Tiefenentspannung beschäftigt war.

Franzi, Kim und Marie setzten sich schließlich in die Nähe des Weihers auf eine Bank und achteten darauf, dass die anderen Schüler außer Hörweite waren. Es war besser, wenn niemand von dem nächtlichen Ausflug erfuhr.

»Ein Licht«, sagte Kim nachdenklich, als Franzi ihren Bericht beendet hatte. »Das könnte natürlich von einer Kontrolllampe kommen. Vielleicht läuft im Schwimmbad noch eine Heizung oder andere technische Geräte.«

»Es muss nichts Elektrisches gewesen sein«, warf Marie ein. »Tiere und Pflanzen können schließlich auch leuchten.«

»Biolumineszenz«, bestätigte Franzi. »Das kommt zwar eher im Meer vor, aber vereinzelt auch an Land. Zum Beispiel bei Glühwürmchen, manchen Pilzarten oder Bakterien.«

Marie lachte. »Wäre schon lustig, wenn sich bei diesem Fall herausstellt, dass eine Horde Glühwürmchen hinter allem steckt.«

»Ich fürchte, wir müssen uns die Stelle noch einmal genauer angucken«, sagte Kim.

Franzi nickte. »Immerhin hat Darja am Telefon auch ein Becken erwähnt. Das glaube ich zumindest.«

»Wenn der Hausmeister uns erwischt, haben wir schlechte Karten«, wandte Marie ein.

»Ich denke darüber nach«, versprach Kim. »Morgen könnten wir unsere Mittagspause für einen Gang ins Dorf nutzen. Dort kann Franzi von der Telefonzelle aus bei Darja anrufen und wir tappen nicht länger im Dunkeln.«

»Prima.« Marie lehnte sich zurück. »Für heute haben wir ja auch schon etwas vor. Ich sage nur: Mission Widder-Spinne.«

Franzi verfolgte mit den Augen eine schillernde Libelle, die auf einem Seerosenblatt landete. »Ich bin gespannt auf diesen Ronny. Als die Kursleiter vorgestellt wurden, war er nicht dabei.«

»Bestimmt ein Sozialpädagoge aus der Gegend«, mutmaßte Marie. »Jemand, der sonst im Jugendzentrum arbeitet.«

Kim hatte wieder ihren Block gezückt und kritzelte darauf herum. »Karen Zenker und Bodhi gehören zu den neuen Lehrkräften«, sagte sie nachdenklich. »Aber Ronnys Spieleabend fand auch schon im Herbst statt.«

»Als Darja hier war«, ergänzte Marie. »Da sollten wir heute Abend alle sechs Augen und Ohren offen halten.«

Um 19:00 Uhr trafen sich alle, die sich zum Spieleabend gemeldet hatten, vor der Tür der Bibliothek. Sie lag im Erdgeschoss in einem Seitenflügel des Hauses. Da ausnahmslos alle Jugendlichen teilnehmen wollten, wurde es eng auf dem Flur.
»Worauf warten wir?«, wollte Luisa von den Schmetterlingen wissen.
»Geduld!«, sagte Cooper und grinste. »Gleich werdet ihr in den Kreis der Druiden treten.«
Der tiefe Klang eines Gongs vibrierte.
»Jetzt?«, fragte Luisa.
»Wartet.« Cooper lauschte.
Der Gong erklang ein zweites Mal.
Beim dritten Schlag zog Cooper die hohen Flügeltüren der Bibliothek auf. »Es geht los!«
Der große Raum war in ein warmes Zwielicht gehüllt. Die schweren Samtvorhänge der Fenster waren zugezogen und die Elektrokerzen in den Leuchtern gedimmt. Ihr rötliches Flackern warf unruhige Schatten auf die vielen Reihen von Büchern, die in den Regalen standen. In der Mitte des Raumes waren mehrere Tische aus dunklem Holz aufgestellt. Jemand hatte bereits verschiedene Spiele aufgebaut.
Franzi erkannte ein Brettspiel über eine Insel, die man als Bauer oder Krieger besiedeln musste. Auch einige beliebte Kartenspiele waren dabei. Drei Tische standen etwas abseits. Auf zwei-

en davon gab es neben dem üblichen Spielmaterial Becher mit Scheren und Stiften, Kleber, Lupen und weitere Utensilien, die man von der Tür aus nicht genau erkennen konnte. Auf dem dritten und kleinsten Tisch thronte ein uraltes Grammofon mit einem riesigen Trichter.

»Willkommen in meiner analogen Welt!« Ein Schatten trat aus einer dunklen Ecke ins Licht der Kronleuchter. »Tretet ein in Ronnys Reich der tanzenden Würfel!«

Hinter Franzi kicherten zwei Mädchen. Auch Marie unterdrückte gerade so eben ein Prusten.

Die Vermutungen waren falsch gewesen. Ronny war mit Sicherheit kein Sozialpädagoge. Er war nicht einmal erwachsen. Obwohl er groß und breitschultrig war, schätzte Franzi ihn auf sechzehn, höchstens siebzehn Jahre. Er trug einen moosgrünen Umhang, beinahe wie der Zauberer auf seinem Ankündigungs-Zettel. Nur ohne das Amulett mit der Widder-Spinne.

»Ronny, mein König!«, flötete Manon. Sie war als Erste im Raum. »Ich bin in deinem Team.«

»Wir werden zunächst mit ein paar kurzen Spielen beginnen und dann einteilen, wer würdig genug ist, um ins Tal der Druiden zu gelangen.«

»Ich bin so etwas von würdig!«, versicherte Cooper. »Lass uns gleich anfangen.«

Ronny nickte bedächtig. »Die Auswahl beginnt.«

Er trat zu Teona und musterte sie. Teona hielt dem Blick stand. Nur ihre Wangen waren leicht gerötet. Sie sah erstaunlich glücklich aus.

»Deine Gedanken zeigen mir Karten«, sagte Ronny. »Du wirst zu meiner Linken sitzen.«
Cooper wurde ebenfalls zu einem Tisch mit Spielkarten geschickt. Dann war auch schon Franzi an der Reihe. Ronny trat so dicht an sie heran, dass sie automatisch einen Schritt zurücktrat. Er roch ungewöhnlich. So nach Weihnachten. Das musste Weihrauch sein.
»Eine Kaulquappe.« Ronny sah ihr tief in die Augen.
Wollte er sie etwa hypnotisieren?
»Du bist wie gemacht für das Spiel mit den drei Würfeln.« Er deutete auf einen der Tische in der Mitte.

Ronny verteilte alle Schüler so, dass nur die beiden Tische am Rand übrig blieben. Die meisten Spiele waren bekannt. Ronny musste daher nicht ausführlich die Regeln erklären. Er stellte sich dennoch kurz zu jeder Gruppe, um Fragen zu beantworten. Anschließend beugte er sich über das Grammofon. Er drehte an einer Kurbel, dann hob er vorsichtig den Arm mit der Nadel und setzte ihn auf die Platte. Ein Knistern und Rauschen erfüllten den Raum, gefolgt von einer alten Melodie. Die Beschallung war nicht unangenehm. Allerdings konnte man kaum noch verstehen, was an den anderen Tischen gesprochen wurde. Franzi sah zu ihren Freundinnen hinüber. Kim befand sich ganz in der Nähe, während Marie außer Hörweite saß.
»Beginnt!«, rief Ronny. Er selbst nahm bei Cooper und Teona Platz.
Anfangs fiel es Franzi schwer, sich auf das Spiel zu konzentrie-

ren. Aber je weiter der Abend voranschritt, desto weniger gab es zu beobachten. Würfel rollten, Spielfiguren wurden umhergeschoben, Karten gezogen und hin und wieder wurde auch gelacht. Das Grammofon dudelte vor sich hin. Die Spieler unterhielten sich leise, und der Abend verging ohne Zwischenfälle. Nichts Seltsames passierte, nichts Unheimliches und auch nichts Spektakuläres. Franzi brauchte sich nicht mit ihren Freundinnen auszutauschen, um sich zu vergewissern, dass es hier für die drei !!! nichts zu ermitteln gab.

»Kommen wir zu unserer Quest«, sagte Ronny, als die Platte zum zweiten Mal verstummte. Er war aufgestanden und wandelte durch den Raum wie ein Mönch.

»Ich glaube, jetzt geht es um das Escape-Spiel«, flüsterte Piet von den Karpfen. »Cooper behauptet, dass es das absolute Highlight ist.«

»Nur wenige Elfen und Druiden können heute in das Tal reiten, um die Aufgabe zu lösen«, fuhr Ronny fort. »Manche von euch haben in der Vergangenheit Mut und Ehre bewiesen. Aber die Pforten in eine andere Welt stehen auch Neulingen offen.« Er schloss die Augen. Für einen Moment ähnelte er Bodhi, als er den Findling berührt hatte. Anders als bei dem Yogalehrer wirkten die Schüler jedoch nicht belustigt. Einige sahen beinahe flehend zu Ronny hin, der nun durch die Reihen ging und einzelne Schüler mit einem Stab berührte. Am Ende der Prozedur waren nur noch die drei !!! und die Jungen aus dem Karpfen-Zimmer übrig.

»He, ich bin auch würdig!«, beschwerte sich Piet.

Ronny musterte ihn nachdenklich, bis er doch noch den Kopf schüttelte. »Für dich wird es eine neue Chance geben. Wir werden uns wiedersehen.«

»Und was machen wir jetzt?«, fragte sein Freund.

»Ihr ermittelt gemeinsam.« Ronny reichte ihm einen länglichen Kasten mit einem Krimi-Spiel.

Plötzlich hatte Franzi das Gefühl, dass hier gerade etwas Wichtiges passierte. Hatte Ronny ihnen das Krimi-Spiel mit Absicht gegeben? Er konnte doch unmöglich wissen, dass sie Detektivinnen waren.

Das Krimi-Spiel war an sich spannend, aber alle Beteiligten sahen immer wieder zu den zwei Tischen hinüber, an denen die restlichen Schüler mit dem Escape-Game beschäftigt waren. Franzi wusste, dass man bei dieser Art von Spiel eine Geschichte verfolgte, Rätsel lösen und teilweise auch Material bearbeiten musste. Manon zerschnitt voller Eifer einen Bogen Papier, während Teona und Ronny eine Art Schattenspiel mit den Händen machten. Manche wirkten etwas lustlos, aber Teona war mit Feuereifer dabei, bis Ronny erneut den Gong schlug und das Ende der Veranstaltung ankündigte.

»Wir wollen die Herrin der Elben nicht erzürnen«, sagte er. »Lady Bertram schätzt die Nachtruhe ebenso wie die Tugend der Pünktlichkeit. Aber seid nicht entmutigt. Ich komme wieder!« Er wandte sich an seine Mitspieler und drückte jedem von ihnen etwas in die Hand. »Nehmt dieses Zeichen der Druiden. Es wird euch rufen, wenn es Zeit ist, den Fluch zu lösen und die Festung zu stürmen.«

Missmutig reckte sich Franzi. Aber sie konnte nicht sehen, was die anderen einsteckten. Nur, dass es ein kleiner, runder Gegenstand war.

»Konntest du sehen, was Ronny verteilt hat?«, fragte Franzi, während sie einen bunten Streifen Zahnpasta auf die Bürste drückte.
»Es sah aus wie eine Münze«, antwortete Marie.
Bis zur Waschraumzeit hatte sich noch keine Gelegenheit ergeben, in Ruhe zu sprechen. Und jetzt fehlte Kim. Sie hatte noch etwas in ihrer Reisetasche gesucht.
»Wir könnten …« Franzi brach mitten im Satz ab. Die Tür ging schwungvoll auf.
»Ich bin es nur.« Kim trat in den gekachelten Raum, die Tasche mit ihrem Waschzeug unter dem Arm.
»Was hast du eben gesucht?«, fragte Franzi.
»Nichts«, antwortete Kim zufrieden. »Ich habe nur so getan, als ob ich in meiner Tasche wühle. Tatsächlich habe ich mit einem kleinen Spiegel verfolgt, was Teona hinter mir gemacht hat. Ich konnte es nicht genau erkennen, aber ich bin mir ziemlich sicher, dass sie das Ding von Ronny aus der Hosentasche geholt hat. Als sie auf ihr Bett kletterte, um ihren Pyjama zu holen, hat sie die Hand kurz in Richtung Kopfkissen geschoben.«
Marie warf einen Blick auf die Liste, die in einer Klarsichtfolie neben der Tür hing. »Teona und zwei Schmetterlinge haben gleich Waschraumzeit. Das ist unsere Chance.«

»Pst!«, machte Kim.

Auf dem Flur näherten sich Stimmen und Schritte. Schon wurde die Türklinke runtergedrückt.

»Wir sind gleich fertig«, nuschelte Kim. Sie fuhr mit der Zahnbürste eilig durch den Mund, während Teona neben sie ans Waschbecken trat.

»Ich mache schon mal Platz«, schlug Franzi vor und deutete auf das freie Waschbecken. »Bis gleich.«

Gefolgt von Marie huschte sie über den Flur bis zum Schnucken-Zimmer. Dort kletterte sie die Leiter zu Teonas Bett hoch. Sie hob das Kopfkissen hoch, fand jedoch nichts. Eilig tastete sie den Bettbezug ab. Fehlanzeige.

»Es kommt jemand!« Marie sprang zur Tür, bereit, unerwünschte Besucher aufzuhalten. Aber es war wieder nur Kim.

»Beeil dich«, sagte Kim. »Teona macht einen Turbowaschgang. Man könnte meinen, die ahnt etwas.«

Franzi fasste mit der Hand in die schmale Lücke zwischen der Matratze und dem Bettkasten. Da war etwas! Ihre Finger fanden ein Stück Papier. Es war ein aufgeschnittener Umschlag, der oben offen war. Rasch zog Franzi den Umschlag aus der Lücke und griff hinein.

»Ich hab's!« Es war tatsächlich eine Münze. Allerdings keine aus Metall, sondern aus silbernem Plastik. Franzi vermutete, dass sie mit einem 3-D-Drucker hergestellt worden war.

»Schnell!«, drängte Kim.

Franzi versuchte, sich alles genau einzuprägen. Ein Handyfoto konnte sie schließlich nicht machen und Kims Kamera würde auch keine Hilfe sein. Bis sie die Fotos entwickelt hätte, war der Fall hoffentlich längst gelöst.

»Sie kommt zurück!«, zischte Kim.

»Ich halte sie auf!« Schon war Marie draußen.

Franzi steckte die Münze zurück in den Umschlag und versuchte, alles so zu verlassen, wie sie es vorgefunden hatte. Im letzten Moment warf sie sich auf ihre eigene Matratze. Teona und Marie kamen ins Zimmer. Teona sah Franzi und Kim verwundert an. »Ist etwas?«

»Nein.« Kim winkte ab. »Wir hatten nur Angst, dass die Jungs aus dem Falken-Turm einen neuen Streich spielen könnten, und haben schnell unter die Betten geschaut.«

»Alles kaninchenfrei«, sagte Franzi.

Teona entspannte sich etwas. »Den zweiten Streich haben die schon längst durchgezogen.«

»Was?« Franzi setzte sich auf. »Und das erzählst du so ruhig?«

»Ich habe es rechtzeitig entdeckt«, erklärte Teona. »Vor dem Spieleabend haben Cooper und seine Freunde eure Sportsachen am Fahnenmast gehisst. Ich habe sie abgenommen und zurückgelegt.«

»Danke«, sagte Franzi.

Kim nickte. »Das war nett von dir.«

»Und besser die Sportsachen als unsere Unterwäsche«, fand Marie.

»Aber warum hast du uns das nicht erzählt?«, fragte Kim.

»Ich habe es ganz vergessen«, sagte Teona.

»Nicht so schlimm.« Franzi zückte ihr Mäppchen und ein

kleines Heft für Notizen. Gut, dass sie immer einen Stift dabeihatte, der unsichtbar schreiben konnte. Nicht, dass die Falken bei ihrer nächsten Aktion zufällig über die Notizen stolperten und Franzis Zeichnung der Münze sahen. Noch während sie zeichnete, versickerte die Tinte im Papier und hinterließ nur noch einen Schatten, der rasch verblasste. Franzi gab sich Mühe, die Widder-Spinne so genau wie möglich darzustellen, was schon mit einem normalen Stift eine Herausforderung gewesen wäre. Aber schließlich glaubte sie, alle acht Beine rund um den Kopf verteilt zu haben. So, wie es auf der Münze und dem Amulett abgebildet gewesen war. Die Nummer, die sie auf einem winzigen Aufkleber auf der Rückseite der Münze entdeckt hatte, war bereits notiert: 1-1521. Zahlen konnte sich Franzi nie lange merken. Sie wusste, dass es bei Rätselspielen auch Zahlencodes gab. Vielleicht war die Münze wirklich nur Teil eines Spiels. »Dieser Ronny scheint ganz okay zu sein«, sagte sie beiläufig.

»Ein bisschen schräg vielleicht«, fuhr Marie fort. »Kommt so ein bisschen wie ein Nerd rüber. Aber irgendwie finde ich das auch wieder cool. Ich hätte total gerne bei dem Escape-Spiel mitgemacht.«

»Geht halt nur mit einer kleinen Gruppe«, sagte Teona. »Wir haben schon mehr Mitspieler, als normalerweise üblich ist. Dann kommt man nicht so oft dazu, Rätsel zu machen, und muss ständig abwarten, bis man an der Reihe ist.«

»Ein paar von den Neuen durften doch auch«, wandte Marie etwas beleidigt ein.

Teona kletterte auf ihr Bett. »Ja«, sagte sie zögerlich. »Also ... die ... spielen wohl schon länger solche Spiele und waren ganz wild darauf, mitzumachen.«

»Wir hätten auch gern mitgemacht. Und die Karpfen-Jungs auch«, sagte Franzi.

»Redet doch mit Ronny«, schlug Teona vor. »Und jetzt sollten wir das Licht ausmachen. Die Nachtruhe beginnt in ein paar Minuten.«

Es war eindeutig, dass Teona das Gespräch für beendet hielt und nicht mehr dazu sagen wollte.

Eulen auf Abwegen

Am Montag startete das Wochenprogramm mit den Kursen. Alle, die sich für das Morgentraining angemeldet hatten, mussten noch vor dem Frühstück auf dem Sportplatz erscheinen.
Franzi kam ordentlich ins Schwitzen. Die Sonne war gerade erst aufgegangen, die Vögel zwitscherten, und doch bekam sie von alledem kaum etwas mit. Obwohl man es Frau Bertram nicht unbedingt ansah, war die Leiterin von Gut Unkentorf erstaunlich fit. Sie sorgte dafür, dass die Schüler richtig auf Touren kamen. Da war es nur fair, dass alle Teilnehmer eine zusätzliche Duschzeit erhielten.
Gleich nach dem Frühstück war auch schon ein Block mit mehreren Veranstaltungen angesagt. Evelyn Bertram rief jeweils sechs Schüler zu einer Gesprächsrunde in einem Klassenzimmer auf, während der Rest im Garten mit Bodhi Yoga machte.
Franzi gehörte an diesem Tag zu der zweiten Gruppe, die mit Frau Bertram über ihre Erfahrungen reden sollte. Jeder musste seine Eindrücke schildern und den ersten Tag ohne Smartphone beschreiben. Franzi hatte nicht viel zu sagen. Richtig

vermisst hatte sie ihr Smartphone nicht. Sie wusste aber, dass es ihren Freundinnen anders ging. Vor allem Marie vermisste die Nachrichten von Holger. Kim gab sich seltsam verschlossen, wenn man sie nach David fragte. Man merkte ihr aber an, dass ihr die vielen Einsatzmöglichkeiten des Smartphones fehlten. Die schnelle Recherche, die Möglichkeit, Fotos zu machen, und die Sicherheit, die einem Wetter-Apps oder digitale Landkarten boten.
Franzi war inzwischen froh, dass Maximilian sich nicht bei ihr melden konnte. Manchmal schickte er ihr kleine Schildkrötenbilder, die an das Abenteuer in Australien erinnerten. Er dachte sich natürlich nichts dabei, sondern wollte einfach freundlich sein. Genau wie Franzi engagierte er sich für den Umweltschutz und sie hatten viele gemeinsame Themen. Während sie noch darüber nachdachte, schüttete Bella aus der Schmetterlings-Stube ihr Herz aus. Sie kam sich unvollständig vor. Niemand lachte. Franzi wusste, dass die meisten nicht freiwillig hier waren. Es gab Fälle, bei denen die Jugendlichen Opfer von Internet-Mobbing geworden waren. Andere hatten die Schule wegen Spielen und anderen Online-Angeboten stark vernachlässigt und wieder andere waren selbst aktive Metuber und kamen in ihrer Freizeit zu nichts anderem mehr. So unterschiedlich sie alle waren, sie hatten gemeinsam, dass sie noch nie so lange ohne Smartphone gewesen waren. Zumindest nicht, seitdem sie eins besaßen.
Nach der Gesprächsrunde wartete eine böse Überraschung auf Franzi. Durch den Lehrermangel waren einige Kurse zusammen-

gelegt worden und weder Kim noch Franzi hatten ihre Wünsche bekommen. Stattdessen war ein Großteil der Schüler im Fach Textiles Arbeiten eingeteilt.

Karen Zenker erwartete sie bereits in einem extravaganten Outfit. Bei ihrem Kurs ging es um Upcycling. Das bedeutete, dass man aus alten Stoffresten und kaputten Kleidungsstücken neue Textilien entwarf. Zum Beispiel Taschen, Mützen, Schals, Federmäppchen, Turnbeutel und so weiter. Franzi empfand nicht gerade viel Freude dabei, mit Nadel und Faden oder der Nähmaschine zu arbeiten. Das Ding war richtig altmodisch und musste sogar noch mit einem Fußpedal betrieben werden. Aber Karen Zenker stellte keine hohen Ansprüche und half beherzt aus, wenn etwas nicht so klappte wie geplant.

Franzi beschloss, eine neue Putztasche für Tinkas Bürsten zu nähen. Dazu wollte sie robusten Stoff verwenden und viele kleine Seitentaschen für Striegel, Schwämme und andere Dinge wie den Hufkratzer einbauen. Außerdem einen festen Riemen, der nicht so leicht riss, wenn Tinka an der Tasche zerrte. Kim versuchte sich an einem Waschbeutel, und Marie wollte eine Umhängetasche nähen, die von einem angesagten Label aus Japan namens *Tantei* inspiriert war.

»Die Sachen von *Tantei* sind schon sehr außergewöhnlich«, sagte Karen Zenker, als ihr Marie die Entwürfe erklärte. »Ich habe mich im Studium mit asiatischen Designern beschäftigt. Meine Kommilitonen wollten alle nach Mailand oder Paris, aber ich bin für ein paar Monate nach Malaysia gegangen. Japan würde mich auch noch mal interessieren.«

»Mich auch«, sagte Marie. »Wobei ich auch Paris toll finde.«
»Wer nicht?«
Schon waren Karen Zenker und Marie in ein Gespräch über Mode und Trends aus aller Welt eingestiegen. Franzi hörte nur mit halbem Ohr zu. Die Arbeit an der Putztasche erforderte sehr viel Konzentration.
Nach anderthalb Stunden hatten alle Schüler sichtbare Erfolge vorzuweisen. Die bunten Werke lagen auf den Tischen und Karen Zenker heftete einen Namenszettel an jedes Stück. Dann schickte sie die Schüler in die Pause.
Schon zehn Minuten später startete der nächste Kurs. Er wurde von niemand Geringerem geleitet als dem Hausmeister, Johann Rasser. Mit ernster Miene führte er die Schüler zu den Hochbeeten, in denen verschiedene Kräuter wuchsen. Die Schüler sollten an den Kräutern und Pflanzen riechen, sie probieren und lernen, wie sie angebaut und gepflegt wurden. Dabei sammelten sie verschiedene Blätter, aus denen Aufgüsse zubereitet werden sollten. Johann Rasser wusste erstaunlich gut Bescheid. Während sie die frisch gepflückten Blätter von Minze, Brennnesseln und Salbei wuschen und zerkleinerten, erklärte der Hausmeister den Unterschied zwischen echtem Tee und Kräuteraufgüssen. Wenn man es nämlich genau nahm, durfte man eigentlich nur Aufgüsse aus Teepflanzen als Tee bezeichnen.

»Mir brummt der Kopf«, murmelte Franzi, als sie beim Mittagessen saßen.
»Dann ist eine kleine Wanderung ja jetzt genau das Richtige«,

sagte Kim. »Ich würde vorschlagen, dass wir in der Nachmittagsfreizeit ins Dorf gehen.«
»Telefonieren?«, fragte Marie leise.
Kim nickte. »Und die Vorräte aufstocken. Ich brauche dringend Nervennahrung.«

»Und?« Marie und Kim sahen Franzi erwartungsvoll entgegen. Beide kamen gerade aus dem Supermarkt.
»Du hast Darja nicht erreicht!« Kim konnte in Franzis Gesicht lesen wie in einem Buch.
»Immerhin waren wir erfolgreich.« Kim hielt eine Papiertüte hoch, aus der es verführerisch duftete. »Heidehügel – Mürbeteigkugeln mit Pflaumenmus.«
Franzi lächelte. »Das ist zumindest ein Start.«
Auf Gut Unkentorf war die Ernährung bewusst gesund. Das bedeutete auch, dass Zucker, Salz oder Weißmehl nur stark reduziert zum Einsatz kamen. Die süßen Teilchen vom Bäcker hatte ihnen jedoch niemand verboten.
Gemeinsam setzten sich die drei Mädchen auf eine Bank neben dem Supermarkt. Die einzelne Telefonzelle, die ganz in der Nähe stand, war schon wieder besetzt. Eine kleine Schlange bildete sich vor der Tür. Auch andere Schüler des Internats wollten offenbar telefonieren. Manon erklärte der verzweifelten Bella gerade, dass man vor dem Wählen Geld in einen Schlitz werfen musste.
»Was wohl passiert, wenn die versehentlich ihre Widder-Spinnen-Münze nehmen?«, überlegte Marie.

Kim beobachtete die anderen Mädchen konzentriert. »Die waren gestern alle bei Ronnys Escape-Spiel dabei.«
»Die Eulen sind aber nicht vollzählig«, stellte Franzi erstaunt fest. »Die sind sonst unzertrennlich. Und die Schmetterlinge haben sich auch aufgeteilt.«
»Das stimmt«, sagte Marie. »Wo ist eigentlich Teona?«
»Einer von uns hätte im Internat bleiben sollen«, sagte Kim zerknirscht. »Vielleicht passiert dort jetzt gerade etwas Wichtiges.«
»Vielleicht auch nicht.« Maries Augen folgten Manon, die immer wieder auf ihre Armbanduhr sah. »Irgendetwas ist doch hier im Busch.«
Als Bella ihr Telefonat beendet hatte, drängte Manon zum Aufbruch. Sie sah sich um, als müsste sie etwas verbergen. Als sie die drei !!! entdeckte, wurde ihr Blick kurz starr. Dann marschierte sie mit ihrer Gruppe los.
»Folgen wir ihnen?«, wollte Marie wissen.
»Nicht zu auffällig«, antwortete Kim. »Wir geben ihnen einen kleinen Vorsprung.«
Ein Bus fuhr vorbei. Kurz darauf hörten sie das Quietschen und Zischen von Bremsen.
Franzi stand auf. »Jetzt?«
Kim nickte. Sie spähten um die Ecke des Supermarktes. Ein paar Meter weiter befand sich eine Bushaltestelle. Franzi konnte gerade noch sehen, wie Bella hinter Manon im Wagen verschwand. Die Türen schlossen sich und der Linienbus setze seine Fahrt fort. Die Straße lag nun verlassen vor ihnen.

»Die fahren weg!«, rief Franzi.
Marie ächzte. »Und wir kommen nicht hinterher.«

»Der nächste Bus geht erst in einer Stunde«, stellte Kim nach einem Blick auf den Plan fest. »Aber wir wissen, wo sie hinwollen. Nach Unkentorf kommt nur noch eine Haltestelle.«
»Gewerbegebiet Riedbach«, las Marie. »Was wollen die denn da? Immerhin ist es verboten, Unkentorf zu verlassen.«
Kim zog die Augenbrauen hoch. »Wenn das rauskommt, gibt es richtig Ärger.«
»Dann bleiben wir wohl besser hier«, sagte Marie. Es klang nicht gerade überzeugt.
»Wenn es nur eine Haltestelle ist, können wir doch laufen«, überlegte Franzi. »Eine Wanderung ist bestimmt erlaubt.«
»Schon, aber das kommt nicht infrage«, wehrte Kim ab. »Wir haben keinen Plan, wo es langgeht. Zu Fuß könnte das ein echter Marsch werden.«
»Wir müssen ja nicht den Bus nehmen.«
»Taxis gibt es hier bestimmt nicht«, warf Kim ein. »Und per Anhalter fahren wir definitiv nicht! So einen Leichtsinn muss mir niemand verbieten.«
»Ich denke da eher an ein ganz altmodisches Transportmittel. Kommt mit!« Marie steuerte auf einen Parkplatz zu, der direkt hinter der Bushaltestelle lag. Ein Planwagen stand neben einem Schild mit der Aufschrift *Rudis Kutschfahrten*. Zwei Kaltblutpferde dösten davor in der Sonne.
»Die fahren doch nicht zum Gewerbegebiet«, warf Franzi ein,

aber Marie war bereits beim Kutscher angekommen und redete mit dem Mann. Der nickte und deutete auf den Wagen hinter sich. Marie zückte ihre Geldbörse und reichte ihm einen Schein. Nachdem sie das Wechselgeld erhalten hatte, strahlte sie ihre Freundinnen an.

»Alle einsteigen. Das Pferdetaxi startet gleich.« Schon war Marie bei den Stufen, die ins Innere des Planwagens führten. »Riedbach liegt gleich hinter dem Heidetal in der Nähe des Moors. Da kommen wir vorbei. Die anderen fahren dann weiter zu einem Aussichtspunkt.«

Bei den »anderen« handelte es sich um eine Gruppe Rentner. Wie sich herausstellte, zwei ältere Damen aus Unkentorf und drei ehemalige Schulfreundinnen von ihnen, die schon lange nicht mehr in der Gegend wohnten und nun zu Besuch waren. So schnell wie der Bus war das Pferdegespann nicht. Dafür konnte es das Heidegebiet auf einem Sandweg durchqueren, der für Autos verboten war.

»Was wollt ihr denn im Gewerbegebiet?«, fragte eine der Damen.

»Wir müssen dort etwas erledigen«, antwortete Kim. »Unsere Freunde sind schon mit dem Bus vorgefahren, aber wir haben den ganz knapp verpasst.«

»Früher war da nur diese Futtermittelfirma und der Dachdecker.«

»Ölkers. Ja, der ist dann nach Husum gezogen. Aber Uwe hatte doch diese Halle mit dem Angelladen. Gibt es den noch?«

»Nee, der hat verkauft«, erklärte eine der Damen aus Unkentorf. »Stell dir vor, die Familie Opitz hat den übernommen. Für so ein billiges Ramschgeschäft. Da war dann Schluss mit maßgeschneiderter Mode.«

»Das hätte die Hildegard doch nie erlaubt«, ereiferte sich ihre Freundin. »Die war ja immer so stolz auf ihre piekfeine Butikke für Herrenmode.«

»Jetzt gibt es knallbunte Sportsachen. Da bekommt man Augenschmerzen, sag ich dir. Der junge Opitz ist ja selbst so ein Jogger.«

»Aber ein Ramschladen ist das nicht. Das ist ein Outlet. Da bekommt man gute Sachen zum halben Preis.«

Franzi und Marie schalteten auf Durchzug, aber Kim hörte den Damen eine Weile zu, bis sie eine kurze Redepause nutzte. »Kennen Sie zufällig auch Ronny? Er ist etwas älter als wir, wohnt in Unkentorf und mag Brettspiele.«

»Da fällt mir nur Ronny Körner ein«, sagte die Frau. »Der Neffe von Schnucken-Körner.«

»Der ist sehr fleißig. Hilft der Mutti im Laden und hat beim Bau vom neuen Schafstall geholfen. In den Ferien arbeitet er sogar noch im ehemaligen Internat.«

Kim nickte. »Das ist er.«

»Moorweg!«, rief eine tiefe Stimme vom Kutschbock. »Hier geht es zum Gewerbegebiet.«

Die Mädchen verabschiedeten sich von den älteren Damen und stiegen aus.

»Immer den Pfad lang«, sagte der Kutscher und deutete auf einen kleinen Weg. »Dann kommt ihr bei der Straße raus. Ist nicht weit. Hinter dem Birkenwäldchen könnt ihr das Gewerbegebiet schon sehen.«

»Das ist jetzt nicht unbedingt das Shopping-Paradies«, stellte Marie fest, als sie die ersten Gebäude erreicht hatten. »Wo sind die anderen?«

Langsam gingen sie an einigen Lagerhallen, einem Fliesenmarkt und einem Kücheneinrichter vorbei.

Kim sah sich um. »Ich glaube kaum, dass Manon und ihre Freundinnen an Bodenbelägen interessiert sind.«

»Vielleicht an einem neuen Küchenschrank?« Marie lachte.

»Ich glaube eher, dass sie etwas erledigen müssen«, sagte Kim. »Etwas, das mit Ronny und dem Spiel zusammenhängt.«

»Oder auch nicht.« Franzi hatte gleich hinter einem Geschäft für Zoobedarf eine dunkelgraue Halle entdeckt, vor der mehrere Ständer mit farbenfrohen Shirts aufgestellt waren. Bella griff gerade nach einem Sportoberteil und fischte nach dem Preisschild. »Sie sind im Outlet.«

Die drei !!! warteten, bis sie ungesehen an dem Mädchen vorbei in das Gebäude kamen. So unauffällig wie möglich teilten sie sich auf, um die anderen in der großen Halle zu beschatten. Beobachten, ohne selbst gesehen zu werden, das war nicht einfach. Aber inzwischen hatten die drei !!! reichlich Übung. Sie folgten den anderen durch Gänge mit Turnschuhen, Funktionskleidung und Sportbedarf.

Franzi unterdrückte ein Gähnen. Nur auf der Pferdemesse konnte sie stundenlang Bürsten, Satteldecken und Reithosen vergleichen und Unmengen von Taschengeld ausgeben. Wenigstens gab es hier ein gutes Angebot für Sportler. Es waren sogar ein paar angesagte Marken dabei. Franzi hatte mal gehört, dass Outets niedrigere Preise hatten, weil die Waren aus alten Kollektionen stammten. Sie fand es etwas albern, dass die Hersteller immer schneller die Designs wechselten und die Kunden den Druck nach den neusten Trends mitmachten. Es war unvorstellbar, was da jedes Jahr produziert und schließlich wieder entsorgt wurde. Noch schlimmer, dass viele Firmen die Herstellung Ländern überließen, in denen man für einen Spottpreis Arbeitskräfte bekam und kaum Umweltauflagen erfüllen musste. Die Marken, die sie hier sah, warben teilweise mit fairen Bedingungen – keine Kinderarbeit und umweltschonende Verfahren. Aber trotzdem waren sie den weiten Weg aus Asien gekommen, um hier für eine kurze Saison genutzt und dann entsorgt zu werden.

»Die shoppen nur.«

Franzi zuckte zusammen. Marie! Sie und Kim waren so leise hinter sie getreten, dass sie ihre Freundinnen nicht bemerkt hatte.

»Gleich wollen sie zurück zum Internat«, sagte Marie.

Kim nickte. »Lasst uns besser auch gehen, sonst glaube ich am Ende noch, dass wir unsere Zeit für einen Fall verschwenden, den es nicht gibt.«

»Unglaublich!«, quietschte Marie.

»Was?« Kim fuhr herum.

»Da ist ein Yoga-Outfit aus der Sportkollektion von *Tantei*!«

Schon griff sie in einen Drehständer mit dem Schild *50 % auf alle Markenartikel.* Sie zog einen Kleiderbügel heraus, an dem eine Hose und ein Oberteil hingen. »Das muss ich haben. Karen Zenker wird begeistert sein!«

»Die darf das nicht erfahren!«, sagte Kim eindringlich. »Das hier ist ein Verstoß gegen die Hausregeln. Willst du, dass Frau Bertram von unserem Ausflug erfährt?«

»Nein«, gab Marie kleinlaut zurück. »Aber das muss ich haben. Ich bezahle es kurz und dann können wir zum Bus.«

»Die anderen sind schon draußen« Kim spähte durch das Glas der Eingangstür. »Die stehen vor einem Fast-Food-Laden. Wenn Frau Bertram das wüsste! Oder Bodhi.« Sie lachte. »Aber wenn wir mit demselben Bus zurückfahren, sehen sie uns doch.«

»Wir behaupten, dass wir auch shoppen wollten«, entschied Marie. »Wenn sie uns verpfeifen, fliegen sie auch auf.«

Franzi warf einen Blick auf ihre Armbanduhr. »Wir sollten uns jetzt echt beeilen.«

Marie stand schon an der Kasse, wo eine junge Frau mit schwarzen Haaren die Ware scannte. Verdutzt runzelte sie die Stirn. »Ich finde den Artikel hier nicht.«

Marie berichtete, wo sie das Outfit gefunden hatte. Die Kassiererin nickte. »Da habe ich es ja auch hingehängt. Wir haben gerade alle Yogasachen reduziert.«

»Gibt es Probleme, Katja?« Ein Mann mittleren Alters kam aus einem Büroraum. Obwohl er schon erste graue Haare an den Schläfen hatte, sah er jugendlich aus.

»Herr Opitz«, sagte die Kassiererin erleichtert. »Gut, dass Sie hier sind. Ich habe ein Problem mit diesem Artikel.«
Der Mann sah sich Maries Auswahl an und nickte. »Kein Wunder, das gehört zu einer neuen Kollektion. Vermutlich ist es beim Sortieren im Lager zwischen die alten Posten gekommen.«
Die Kassiererin seufzte. »Tut mir leid.«
»Sie sind ja noch nicht lange hier«, sagte Herr Opitz freundlich. »Allerdings muss ich den Artikel noch zurücklegen, bis ich die Freigabe zum Verkauf habe.«
»Wie lange dauert das denn?«, fragte Marie enttäuscht.
»In zwei Wochen geht die Frühlingsmode raus, dann tauschen wir auch die Angebote.«
Marie machte ein langes Gesicht. »So lange bin ich gar nicht hier.«
»Wir sind schon viel zu lange hier«, drängte Kim.
»Schade.« Marie riss sich von dem Yoga-Outfit los. »Unser Bus fährt gleich.«
Die Kassiererin blickte zur Fensterfront. »Wenn ihr den Vierer Richtung Unkentorf meint, seid ihr zu spät. Der ist gerade gekommen. Das schafft ihr nicht mehr.«

Gefahr in der Dunkelheit

»Ich könnte explodieren!«, beschwerte sich Marie, als sie wenig später den Stall der Alpakas ausmisteten. »Dass uns der blöde Bus auch direkt vor der Nase weggefahren ist.«
»Aber Warten hätte sich nicht gelohnt«, gab Kim zu bedenken. »Dafür fahren die Busse hier zu selten.«
»Tja, stattdessen konnten wir den Hufspuren und Pferdeäpfeln des Planwagens folgen.« Marie lachte. »Die Heideversion von *Hänsel und Gretel.*«
Normalerweise hätte sich Franzi über den Stalldienst gefreut. Der warme Geruch von Tieren, das raschelnde Stroh und die körperliche Beschäftigung an der frischen Luft waren ganz nach ihrem Geschmack. Außerdem hatten die drei Freundinnen sogar schon mal einen Fall auf einem Alpaka-Hof gelöst. Aber gerade jetzt saßen die anderen drinnen und tauschten sich über die Erlebnisse des Nachmittags aus. Die anderen Mädchen hatten es nämlich gerade noch rechtzeitig geschafft und waren trotz ihres unerlaubten Shopping-Trips ungeschoren davongekommen. Die drei !!! waren hingegen erst lange nach Ende der

Nachmittagsfreizeit beim Gutshof eingetroffen und hatten sich nicht nur eine saftige Strafpredigt von Frau Bertram eingefangen, sondern auch Stalldienst.

»Ist doch komisch, dass wir die ganze Zeit im Dunklen tappen«, beschwerte sich Kim. »Und ich kann nicht mal meine Gedanken ordnen, weil ich mich nicht traue, ins Tagebuch zu schreiben. Wer weiß, wer das sonst in die Finger bekommt.«

»Ich kann dir meinen unsichtbaren Stift leihen«, bot Franzi an. Sie wusste, wie wichtig es für Kim war, regelmäßig ihre Erlebnisse zu notieren.

»Gute Idee.« Kim stieß ihre Mistgabel ins Stroh. »Vielleicht blicke ich dann besser durch.«

»Wisst ihr, was wir brauchen?« Marie stieg vorsichtig über ein paar schwarze Alpaka-Kötel hinweg zu ihren Freundinnen. »Den Powerspruch!«

»Klar! Ohne unser Ritual kann das hier ja nichts werden.« Kim lehnte die Mistgabel an die Schubkarre. »Ich bin bereit.«

»Ich auch!«, sagte Franzi.

»Und die Alpakas auch.« Marie lachte.

Tatsächlich schauten ihnen die Tiere von der Koppel aus neugierig zu. Die wuscheligen Ohren waren aufgestellt und die samtigen schwarzen Augen direkt auf die Mädchen gerichtet.

»Nicht zu laut«, mahnte Kim. »Die Alpakas sind okay, aber ich kann auf menschliche Zeugen verzichten.«

»Wir doch auch«, raunte Marie.

Die Mädchen stellten sich im Kreis auf und legten ihre Hände übereinander.

»Die drei !!!«, wisperte Marie.
Die Tiere zuckten gespannt mit den Ohren.
»Eins!«, flüsterte Kim.
»Zwei!«, kam es kaum hörbar von Marie.
Franzi grinste. »Drei!«
Leise beendeten sie den Spruch mit einem einstimmigen »Power!!!«, wobei sie alle ihre Arme in die Luft warfen.
Die Alpakas ruckten mit den Köpfen, dann entspannten sie sich wieder.
»Wenn es hier einen Fall gibt, lösen wir ihn«, sagte Franzi feierlich. »Und wenn nicht, finden wir wenigstens heraus, was es mit dieser seltsamen Widder-Spinne auf sich hat.«

Detektivtagebuch von Kim Jülich
Montag, 19:00 Uhr

Ich versuche jetzt, mit Franzis unsichtbarem Stift zu schreiben. Gar nicht so einfach. Aber mit Hilfslinien geht es einigermaßen.
Ich bin so froh, dass Marie und Franzi mich nach Unkentorf begleitet haben. Die anderen sind eigentlich ganz okay, aber ohne meine Freundinnen würde ich mich bestimmt einsam fühlen. Bei den Eulen läuft eine Mitternachtsparty. Uns haben sie nicht eingeladen. Die Schnucken bleiben wohl auch heute unter sich. Teona taut zwar etwas auf, aber leider war nicht herauszubekommen, was sie am Nachmittag gemacht hat. Immerhin habe ich von Piet aus dem Karpfen-Grund erfahren, dass ein paar Leute in Richtung Heide gewandert sind. Er ist sauer, dass seine Leute ausgeschlossen werden. Beim Escape-Spiel durften sie ja auch nicht mitmachen. Und das, obwohl die Schmetterlinge ebenfalls sogenannte Kaulquappen sind – also Neulinge.

Wir wissen, dass manche Schüler etwas verheimlichen. Unsere Vermutung ist, dass es mit Ronny und seinem Escape-Spiel zusammenhängt. Darja hat Franzi am Telefon schließlich von dem Symbol erzählt, das bei Ronny auf dem Aushang und den Münzen aufgetaucht ist: der seltsamen Widder-Spinne. Natürlich könnte es einfach Teil des Spiels sein. Aber warum werden so viele Schüler ausgeschlossen? Warum wird so ein Geheimnis daraus gemacht? Und warum hat Darja am Telefon von einem Verbrechen gesprochen?

Geheimes Tagebuch von Kim Jülich
Montag, 19:20 Uhr

► Ben und Lukas, sollte euch nicht gerade ein blaues Licht aufgehen, werdet ihr hier gar nichts sehen. Hahaha! ◄
In der Runde am Morgen habe ich es nicht laut ausgesprochen, aber ich vermisse mein Smartphone. Mir ist gar nicht aufgefallen, wie oft ich es benutzt habe. Es ist so praktisch. Selbst, wenn man es nur als Telefon, Wecker oder Fotoapparat benutzt. Mit Papas alter Kamera habe ich bisher kaum fotografiert. Man überlegt bei jedem Bild genau, ob es nötig ist. Schließlich will man den Film nicht verschwenden. David erwartet zum Glück keine Nachrichten von mir. Aber Camilla habe ich einen Brief versprochen. Ich habe heute in der Postfiliale im Supermarkt eine Marke besorgt. Ob der wohl ankommt, bevor die Woche in Unkentorf vorbei ist?

Ein zaghaftes Klopfen an der Tür ließ Franzi aufhorchen. Es war schon spät, aber sie war eben erst aus einem schlechten Traum erwacht, in dem sich ihr Pony Tinka in eine Spinne mit Schafsfell verwandelt hatte – beim Ausritt.
»Was ist?«, murmelte sie.

Die Tür ging auf. Ein Junge aus dem Karpfen-Grund spähte in den Raum. »Ich bin's, Silvan. Habt ihr eine Taschenlampe?«
»Was?« Franzi setzte sich im Bett auf.
»Sorry für die Störung«, flüsterte der Junge. »Aber ich brauche dringend eine Taschenlampe.«
»So dringend, dass du riskierst, von der Nachtschicht erwischt zu werden?«, fragte Franzi.
»Heute macht die Zenker den Rundgang«, raunte Silvan. »Die ist voll okay. Also was ist nun?«
»Ich habe eine Lampe.« Franzi zog ihren Rucksack unter dem Bett hervor. »Aber ich will wissen, was los ist.«
Silvan kam ins Zimmer und schloss so leise wie möglich die Tür hinter sich. Nun schien nur noch der Mond durch das schräge Dachfenster. »Ich muss Piet suchen.«
Als Franzi zögerte, redete er schnell weiter. »Wir haben bei den Karpfen auch eine Mitternachtsparty gemacht. Die anderen haben uns ja nicht eingeladen. Und dann haben wir *Wahrheit oder Pflicht* gespielt. Piet sollte ins Schwimmbad gehen. Wir haben ihn begleitet, damit er sich nicht drückt.«
»Und Rasser hat euch nicht erwischt?«
»Aus der Hausmeisterwohnung kommt das lauteste Schnarchen, das man je gehört hat. Und die Zenker war auch nirgendwo in Sicht. Die ist ja auch nicht so krass drauf wie der Alte.«
Franzi dachte daran, dass auch Bodhi nachts über das Grundstück wandelte. Aber vor dem brauchte man vermutlich noch weniger Angst zu haben als vor der Textil-Lehrerin.
»Okay, ihr seid also zum Schwimmbad. Und weiter?«

»Die Tür war abgeschlossen, aber Piet hat auf der Rückseite ein Brett von einer der Fensteröffnungen lösen können. Dann ist er reingeklettert.«

»Und nicht wieder rausgekommen?«, mutmaßte Franzi.

Silvan nickte.

»Hat denn keiner von euch eine Taschenlampe?«

»Nicht daran gedacht«, sagte er betreten. »Wir nutzen alle die Taschenlampenfunktion am Handy und das liegt bei der Bertram im Kasten.«

»Schon klar.« Franzi reichte ihm die Lampe. »Habt ihr einen Plan?«

»Wir leuchten da rein.«

»Und wenn Piet verletzt ist?«

»Kannst du Erste Hilfe?«

»Ist jemand verletzt?«, murmelte Kim von ihrem Hochbett aus.

»Pst!«, machte der Junge. »Nee, aber irgendwer wird schon wissen, was man tun muss. Wir können ja schlecht die Schulleitung wecken.«

»Im Notfall bleibt euch nichts anderes übrig«, sagte Franzi ernst. »Aber wir sollten keine Zeit verschwenden. Ich komme einfach mit.« In Gedanken fügte sie hinzu: »Einer muss ja die Verantwortung übernehmen.«

»Bodhi hat recht!«, sagte Silvan mit rauer Stimme, als sie über den taunassen Rasen hinter dem Hauptgebäude schlichen. Die alte Schwimmhalle lag vor ihnen im Mondlicht. »Das Ding sendet fiese Schwingungen aus.«

»Pst«, machte Franzi nur.
Sie passierten die Stelle, an der sich Franzi und Marie vor dem Hausmeister versteckt hatten, schlugen jedoch nicht den Weg durch die Brennnesseln ein. Es ging am Haupteingang vorbei und um die Ecke zur Rückseite. Hier war Franzi bisher noch nicht gewesen.
»Er ist noch nicht wieder da!«, tönte eine weitere Jungenstimme aus der Dunkelheit.
»Pst!«, machte Franzi erneut. »Wollt ihr, dass wir erwischt werden?«
»Franzi?« Der Junge kam nun auf sie zu. Es war Piets Freund. Sein Namensschild hatte er bei der nächtlichen Aktion natürlich nicht angesteckt, und Franzi erinnerte sich nicht daran, wie er hieß.
»Ich schaue mich im Gebäude um«, sagte sie. »Ihr haltet Wache. Aber seid bitte leise und macht keine Alleingänge. Sollte ich in zehn Minuten ebenfalls nicht zurückkommen, informiert ihr Karen Zenker.«
»Echt?«, fragte Silvan.
»Echt!«, antwortete Franzi. »Lieber eine Strafarbeit als eine schwere Verletzung. Da sind wir uns doch hoffentlich einig.«
Die Karpfen-Jungs schienen sich da nicht ganz sicher zu sein. Aber Franzi hatte bereits ihre Taschenlampe gezückt und leuchtete die zugenagelten Fenster an. An einer Stelle war ein Brett aus dem Lattenrahmen gerissen. Die Lücke war gerade groß genug, um sich hindurchzuzwängen. Franzi zögerte kurz.
Vor einiger Zeit war sie in ein Bergwerk eingestiegen und hätte

ihren Leichtsinn beinahe mit dem Leben bezahlt. Dieses Mal durfte sie kein Risiko eingehen. Erfahrungen mit sogenannten Lost Places hatte sie bereits. Die Regeln waren klar: Langsame, vorsichtige Bewegungen, die Umgebung gut ausleuchten, herunterhängende Gegenstände meiden, Löcher im Boden weitläufig umgehen und sich von morschen Balken und Dielenbrettern fernhalten. Auch wartete draußen jemand auf sie. Das war ebenfalls eine Grundregel: Vor dem Einstieg jemanden informieren, der zur Not Hilfe holen kann.

Franzi zwängte sich durch die Lücke zwischen den Brettern und trat direkt in einen Gang. Der Kegel ihrer Taschenlampe glitt über ein Mosaik aus schmutzigen, kleinen Bodenfliesen. Die Wände waren ebenfalls gekachelt. Die großen, ehemals weißen Kacheln waren jedoch größtenteils abgefallen und lagen als verstreute Scherben herum. Bevor sie den ersten Schritt machte, leuchtete Franzi die Decke an. Sie war nicht sonderlich hoch. Direkt über ihr verlief ein Gestänge mit Metallrohren. An einigen Stellen hingen auch Kabel herab. Die Verankerungen wirkten jedoch relativ sicher. Es sah nicht so aus, als würden sich die Rohre in den nächsten Minuten lösen. Etwas weiter hinten war die Decke noch abgehängt und es gab Luftschächte mit Plastikgittern. Löcher im Boden waren nicht zu sehen. Franzi entschied, dass sie eine kleine Tour wagen konnte.

Langsam näherte sie sich einer offenen Tür. Der Lichtschein glitt über ein Schild mit der Aufschrift *Umkleide Jungen*. Sie trat ein. Verrostete Spinde aus Metall verdeckten die Wände an drei Seiten. Davor verliefen Holzbänke. Ein Blick genügte. Der

Raum war leer. Ebenso die Umkleide der Mädchen, die sich eine Tür weiter befand. Franzi musste also noch tiefer in das Gebäude. Von beiden Umkleiden aus führte jeweils eine Tür in einen Duschraum. Die Luft war muffig und ein Hauch von Moder kam aus den Gittern der Abflüsse. Franzi entdeckte ein abgerissenes Waschbecken und einen umgestürzten Mülleimer, in dem sogar noch ein alter Beutel hing. Unterschiedliche Graffiti zierten die gekachelten Wände. Neu sahen sie nicht aus. Aber sie bewiesen, dass das Gebäude doch noch hin und wieder besucht wurde.

Mit klopfendem Herzen blieb Franzi vor der nächsten Tür stehen. Dahinter musste das Becken liegen. Langsam drückte sie die Klinke hinunter. Das Quietschen der Tür hallte gespenstisch durch die Dunkelheit des ehemaligen Schwimmbads. Die Decke war hier deutlich höher, was den Hall erklärte. Jeder Schritt wurde zu einem unheimlichen Geräusch, das durch den Raum geisterte. Franzi sah nur ein einziges, rechteckiges Becken. Ob Darja bei ihrer Warnung diesen Ort gemeint hatte? Vorsichtig schlich Franzi näher. Das Wasser war abgelassen. Am anderen Ende befand sich eine Reihe von Startblöcken. Einen Sprungturm gab es nicht. Franzi ließ gewissenhaft den Kegel der Taschenlampe durch den Raum gleiten. Sie wollte lieber nicht zu dicht an den Beckenrand gehen. Ein Sturz konnte hier durchaus gefährlich werden. Sie lauschte. Nichts war zu hören außer ihren eigenen Atemgeräuschen. Piet war ganz sicher nicht hier.

Langsam und sehr vorsichtig trat Franzi den Rückweg an. Inzwi-

schen waren bestimmt schon fünf Minuten vergangen. Ob die Karpfen-Jungen ihr Wort halten und die Textillehrerin holen würden? Oder hatten sie zu viel Angst vor den Konsequenzen? Franzi traute sich nicht, nach Piet zu rufen. Aber viele Räume konnte es eigentlich nicht mehr geben. Zumindest nicht im Erdgeschoss. Sie folgte dem Flur in Richtung Ausgang. Eine schwere Metalltür stand halb offen. Franzi leuchtete hinein. Statt eines Zimmers erstreckte sich vor ihr ein schmaler Flur, der in einer Treppe endete. Dort ging es anscheinend in den Keller hinab. Franzi war nicht wohl bei dem Gedanken, unten suchen zu müssen. Während sie noch überlegte, streifte die Lampe einen kleinen, weißen Gegenstand vor ihren Füßen. Überall im Gebäude gab es Scherben, Schmutz und Schutt. Aber das hier sah aus wie Papier. Franzi hob es auf. Es war ein gedrucktes Adress-Etikett. Es war beinahe sauber und die Rückseite klebte an Franzis Fingern fest.
»Unwichtig!«, sagte eine innere Stimme in Franzis Kopf. »Wo ist Piet?«
Franzi schob den Aufkleber in die Tasche ihres Hoodies. Sollte sie es wagen und sich im Keller umsehen? Gerade, als sie einen weiteren Schritt machen wollte, hörte sie ein Geräusch aus der entgegengesetzten Richtung. Ein Schleifen. Dann ein Ächzen. Sehr langsam und vorsichtig drehte sie sich um und folgte dem Geräusch über den Flur in einen weiteren Raum. Es war eine Art kleines Büro. Etwas bewegte sich hinter dem Schreibtisch. Ein Stöhnen erklang. Mit drei Schritten war sie bei der Person, die gekrümmt am Boden lag.

»Piet!«, flüsterte sie entsetzt.
»Hilfe«, murmelte der Junge. Blut tropfte aus einer Wunde an seiner Stirn.

Die zehn Minuten waren längst um. Franzi brauchte keine Uhr, um das zu erkennen. Was trieben die Jungen draußen nur?
»Ist dir schwindlig?«, fragte sie Piet, während sie einen Verbandskasten ausräumte, der neben der Tür hing. Die Sachen waren alt, aber größtenteils noch steril verpackt. Da sie die Wunde nicht mit frischem, sauberem Wasser abwaschen konnte, tupfte sie sie vorsichtig mit einem Stück Mullbinde ab. Die Wunde war zum Glück nicht sehr tief. Dennoch konnte sie sich entzünden, wenn sie nicht versorgt wurde.
»Es geht schon besser«, stöhnte Piet.
Er war ansprechbar, wusste noch, wer er war und wo er sich befand, und zeigte keine Anzeichen von Verwirrung oder Übelkeit. Franzi ging davon aus, dass er mit etwas Wundspray und einem Pflaster auskommen würde. Letztendlich musste das aber ein Arzt entscheiden. Wunden am Kopf durfte man nicht auf die leichter Schulter nehmen.
»Ich will hier raus«, sagte Piet.
»Ich weiß nicht, ob du schon aufstehen solltest.« Franzi ließ den Tupfer sinken. Die Wunde blutete nicht mehr.
»Jemand war im Keller.«
»Eben?«, fragte Franzi verwundert.
»Ich habe Schritte gehört«, flüsterte Piet. »Wie ein Poltergeist, aber dann musste ich an Rasser denken.«

»Hast du ihn gesehen?«
Piet schüttelte langsam den Kopf, was ihm Schmerzen bereitete. »Nein, ich habe ein Versteck gesucht. Also bin ich hier reingelaufen.«
»Hat die Person dich niedergeschlagen?«
»Nein, ich bin mit dem Fuß irgendwo hängen geblieben. Ich erinnere mich noch daran, dass ich gestürzt bin. Danach ist alles weg … oder warte … ich glaube, es kam jemand rein … aber vielleicht bilde ich mir das auch nur ein.«
Franzi dachte angestrengt nach. Rasser konnte nicht im Keller gewesen sein. Sonst hätten die Karpfen nicht sein lautes Schnarchen gehört. Oder hatte der Hausmeister die Schüler mit einer Tonaufnahme gelinkt?
»Ich …«, begann Piet, doch dann hielt er inne.
Die Eingangstür wurde geöffnet und fiel scheppernd wieder ins Schloss.

Ein neues Rätsel

»Hallo?« Der Lichtkegel einer weiteren Taschenlampe fiel in den Raum.

Karen Zenker stand in der Tür. In der einen Hand eine Lampe, in der anderen einen Schlüsselbund. »Was macht ihr hier?«

Franzi entschied sich für die Wahrheit.

Die Textil-Lehrerin hörte sich alles geduldig an. Ihre Miene war besorgt, aber nicht vorwurfsvoll. Noch während Franzi redete, untersuchte sie Piets Wunde. »Das war leichtsinnig.«

»Fliege ich jetzt raus?«, fragte Piet.

Karen Zenker fasste ihn bei der Schulter. »Versprich mir, dass es keine weiteren Mutproben geben wird.«

»Versprochen!«, sagte Piet. »Unkenmäßiges Karpfen-Ehrenwort.«

»Gut.« Karen Zenker stand auf. »Dann versorgen wir dich drüben im Haupthaus und danach geht es direkt auf die Zimmer.«

»Und Frau Bertram?«

»Die muss nicht wissen, dass ich meine erste Wachrunde ver-

schlafen habe«, sagte Karen Zenker. »Aber lügen möchte ich natürlich auch nicht.«
»Ich könnte doch sagen, dass ich gestürzt bin«, schlug Piet vor.
»Wir sagen einfach nicht, wo es passiert ist.«
Karen Zenker nickte kaum merklich. »Vermutlich ist das die beste Lösung.«

Gemeinsam mit der Textil-Lehrerin brachte Franzi Piet ins Freie. Während Frau Zenker im fahlen Mondlicht die Tür abschloss, warf Franzi einen Blick um die Ecke der Halle. Silvan und die anderen zwei Karpfen warteten noch vor dem Einstieg.
»Zehn Minuten sind um!«, rief Franzi ihnen leise zu.
Sie zuckten zusammen.
»Abmarsch.« Franzi winkte sie heran.
Frau Zenker wusste eh Bescheid. Es gab keinen Grund, die drei Chaoten hinter der Halle warten zu lassen, bis die Sonne aufging. Wobei das bei genauerer Betrachtung vielleicht doch eine faire Strafe für ihre Unzuverlässigkeit gewesen wäre.
»Ihr solltet Karen Bescheid geben«, sagte Franzi, als die Jungen bei ihr waren.
»Wir haben uns nicht getraut«, gab Silvan kleinlaut zu. »Als ich zum Haus laufen wollte, habe ich jemanden gesehen.«
Franzi stemmte die Hände in die Hüften. »Das war Karen auf ihrer Nachtrunde.«
»Es war ein Mann«, entgegnete Silvan.
»Johann Rasser.« Karen Zenker war hinter Franzi erschienen.
»Den hättet ihr auch um Hilfe bitten können.«

»Vielleicht war es auch Bodhi«, überlegte Franzi. »Der steht auf Mitternachts-Yoga.«
»Echt?« Karen Zenker klang ungläubig. »Scheint so, als wäre nachts die halbe Schule unterwegs.«

»Vielleicht haben wir Ronny gesehen«, überlegte Kim, als sie am nächsten Tag den Stalldienst machten. Morgens musste nur gefüttert werden und die Hühner wurden aus dem Stall gelassen. Zeit genug, um die wichtigsten Ereignisse zu berichten.
»Daran habe ich gar nicht gedacht«, erwiderte Franzi. Sie beobachtete, wie ein Huhn nach dem nächsten aus der Klappe in der Stallwand ins Freie kletterte. »Wir hatten schon an Rasser oder Bodhi gedacht.«
»Würde Ronny als Mann durchgehen?«, überlegte Marie.
»Von der Statur her schon«, fand Kim. »Er ist groß und hat breite Schultern.«
Marie schloss die Tür des Geheges. »Meint ihr, Ronny war im Keller der Schwimmhalle?«
»Wenn ja, wirft das ein ganz neues Licht auf das Spiel«, sagte Kim ernst. »Normale Escape-Games finden nicht an lebensgefährlichen Orten statt.«
Franzi konnte ihrer Freundin nur zustimmen. »Schüler zu riskanten Aktionen zu verleiten, könnte man sogar als Verbrechen bezeichnen. Je nachdem, wie groß die Gefahr ist.«
»Ein Escape-Game unter echten Bedingungen kann übel enden«, pflichtete auch Marie bei. »Und man müsste es heimlich machen, damit die Schulleitung nicht eingreift.«

»So heimlich, dass man nur Spieler wählt, auf die man sich verlassen kann.« Franzi dachte an die Karpfen-Jungs. »Chaoten sind unerwünscht.«
Marie hob den Korb auf, in dem sich das Kaninchenfutter befand. »Fragt sich nur, warum wir nicht mitspielen dürfen.«
»Jemand muss Ronny gesteckt haben, dass wir Detektivinnen sind«, vermutete Kim. »Ich wette, das war jemand von den Falken.«
»Vielleicht Cooper«, sagte Marie.
»Darf ich mal den Aufkleber sehen?«, wandte sich Kim an Franzi.
»Der sieht nicht aus, als wäre er Teil eines Fantasy-Spiels«, sagte Franzi, während sie in der Bauchtasche ihres Hoodies wühlte. Es dauerte nicht lange, bis ihre Finger auf die klebrige Fläche trafen. »Ich hab ihn.«
»Da steht noch keine Adresse drauf«, bemerkte Kim.
»Aber ein Absender samt Logo«, sagte Franzi.
Kim beugte sich vor. »Sieht aus wie eine Lotusblüte.«
»Wie passt das mit einer Widder-Spinne zusammen?«, wunderte sich Marie. »Solche Symbole sind doch eher im Wellnessbereich üblich. Für Massagen, Yoga, Qigong …«
»Das würde eher für Bodhi sprechen«, fand Kim. »Aber wir sollten keine vorschnellen Schlussfolgerungen ziehen. Kennt einer von euch eine Firma namens *Green Cameron Highlands*?«
»CamHigh-Shop.my/com«, las Marie, die über Kims Schulter blickte. »Vielleicht ein Onlineshop.«
Franzi nickte. »Klingt nach Schottland.«

»Oder nach Tee«, sagte Marie.
Kim und Franzi drehten sich beide zu Marie um. »Wie kommst du auf Tee?«
»Oma Agnes hat den eine Zeit lang getrunken«, erinnerte sich Marie. »Glaube ich zumindest. Sie hatte immer diese Packungen, auf denen man grüne Hügel und eine aufgehende Sonne sah.«
»Echt?«, fragte Franzi. »Sind die Highlands in Schottland nicht viel zu kalt für den Anbau von Tee?«
»Frag Herrn Rasser«, scherzte Kim. »Unseren Tee-Experten.«
»Lieber nicht«, sagte Marie. »Außerdem will ich vor dem Frühstück noch in den Waschraum.«
»Zähneputzen ist doch nach dem Essen viel besser«, warf Kim ein. »Außerdem ist unsere Zeit gleich vorbei. Dann sind die Schmetterlinge dran.«
»Was?« Marie sah auf ihre Uhr. »Ich habe garantiert Stroh im Haar.«
»Quatsch.« Kim lachte. »Aber du kannst meinetwegen schon loslaufen. Viel ist nicht zu tun.«

Die Mädchen trafen sich etwas später bei der Frühstücksausgabe.
»Wir müssen reden«, raunte Marie.
»Was ist denn?« Kim füllte sich Haferbrei in eine Schale.
»Ohne Zuhörer.«
Cooper schlenderte hinter ihnen entlang, einen Teller mit Obst in der Hand. »Guten Morgen, Kaulquappen.«

»Morgen«, brummte Kim.
Marie deutete auf einen kleinen Tisch in einer Ecke und sah sich um. »Da müsste es gehen.«
»Nun sag schon«, forderte Franzi Marie auf. »Bei dem Lärmpegel im Speisesaal wird uns schon niemand belauschen.«
»Ich habe eben noch schnell geduscht«, erklärte Marie.
»Das soll die spannende Neuigkeit sein?« Franzi konnte es kaum glauben.
»Als ich mich gerade abgetrocknet habe, sind die Schmetterlinge in den Waschraum gekommen. Sie haben mich in der Kabine aber gar nicht bemerkt.«
»Und da bist du aus der Dusche gestiegen und hast sie überrascht?«, fragte Kim.
»Besser«, sagte Marie. »Ich habe leise gewartet und gelauscht. Die Mädchen haben ihre Zähne geputzt und geredet. Es ging darum, dass Bella endlich auch mit etwas dran ist.«
»Das klingt schon spannender«, sagte Franzi.
»Und ob. Sie will heute Nachmittag mit Manon losgehen.«
»Weißt du auch, wohin?«
»Nein«, sagte Marie. »Leider nicht.«
»Schade«, sagte Kim. »Aber wir können ihnen ja unauffällig folgen.«
»Reingelegt.« Marie grinste. »Ich habe es nicht genau verstanden, aber es klang nach Schafstall.«
»Eindeutig ein Fall für die Schnucken«, sagte Kim. »Ich würde vorschlagen, dass wir sie auf frischer Tat ertappen.«

»Hast du genug Material?«, fragte Kim leise.
Franzi nickte. Vor dem Mittagessen hatte Frau Bertram die Schüler zur Naturbeobachtung rausgeschickt. Allerdings hatte nur Franzi nach heimischen Pflanzen und Tieren gesucht. Marie und Kim hatten die unerwartete Gelegenheit für eine Tour zum Schuckenstall genutzt.
»Wie lief es bei euch?«, fragte Franzi.
Kim sah nicht gerade zufrieden aus. »Das Schloss war für Marie eine Kleinigkeit. Der Stallbereich war allerdings komplett leer. Da waren weder Spuren von echten Tieren noch von Schmetterlingen, Falken oder Eulen.«
»Es gab aber noch einen zweiten Raum«, berichtete Marie. »Eine Kammer, die früher wohl für den Schäfer gedacht war. Natürlich ohne Strom und fließend Wasser. Kim hat gleich in den alten Bollerofen geschaut, der war aber leer.«
»Dann lagen wir mit dem Schnuckenstall wohl falsch«, stellte Franzi fest. »Vielleicht sollten wir uns doch besser auf das Schwimmbad konzentrieren.«
»Warte es ab«, sagte Kim leise. »An den Wänden lehnten zusammengeklappte Biertische und es gab ein paar Schemel. Und dann sind mir die vielen Spinnweben aufgefallen, die unter der Decke hingen und …«
»… das Gehörn eines Widders bedeckten!«, rief Marie – eine Spur zu laut. »Ich werde nie verstehen, wie man Hörner, Felle und Geweihe als Deko aufhängen kann.«
»Pst«, machte Kim. »Jedenfalls glauben wir, dass es sich um das Geheimquartier der Widder-Spinne handelt.«

»Auf dem Boden haben wir außerdem eine Paillette gefunden.« Marie grinste. »Luisa von den Schmetterlingen hatte gestern ein T-Shirt mit Pailletten an. Und genau die war gestern Nachmittag mit Teona und den Falken in der Heide unterwegs.

»Alle Schülerinnen und Schüler kommen jetzt bitte ins Haus!«, rief Frau Bertram aus einem offenen Fenster ins Freie.

»Wir müssen unsere Beobachtungs-Protokolle abgeben«, sagte Franzi und klemmte ihren Block unter den Arm.

»Warte.« Kim hielt sie am Arm zurück. »An der Birke vor dem Stall hing eine Wildkamera. So ein Ding, wie wir es auch im Schwarzwald gefunden haben. Nur ein deutlich billigeres Modell. Dafür ziemlich gut versteckt.«

»Sah nicht aus, als gehöre die einem Förster«, vermutete Marie. »Außerdem war sie ausgeschaltet.«

»Kim, Franzi und Marie!« Frau Bertram steuerte mit strammen Schritten auf sie zu.

»Wir haben ganz viele Tiere gefunden!«, rief Franzi. »Und Pflanzen!«

»Sehr gut.« Frau Bertram lächelte. »Die Tierärztin kommt heute am frühen Nachmittag zur Inspektion. Ich möchte euch bitten, ihr bei der Untersuchung der Tiere zu assistieren.«

Franzi atmete auf. Das war eine gute Überraschung. Der einzige Nachteil war der Zeitpunkt. So eine Inspektion konnte dauern. Vermutlich fiel die Beschattung von Schmetterling Bella ins Wasser.

»Morgen ist auch noch ein Tag«, munterte Franzi sich auf

dem Weg ins Haus selbst auf. »Außerdem ist wieder ein Spieleabend mit Ronny angesagt. Bis dahin lösen wir den Fall doch im Handumdrehen.«

Das Geheimnis in der Heide

»Nachdem ihr jetzt Gelegenheit hattet, eure ersten Projekte zu beenden, habe ich mir etwas Besonderes für euch ausgedacht«, verkündete Karen Zenker am nächsten Morgen und hievte eine große Einkaufstasche auf den Lehrertisch. »Ich hoffe, es gefällt euch ebenso gut wie mir.«

Aus der Tasche holte sie ein Bündel Holzstäbe, einen Stapel weißen Stoff und zwei Rollen Kordel. Dann fischte sie ein weiteres Stoffstück heraus und hielt es ausgebreitet in die Höhe. In verschiedenen Grün- und Blautönen waren darauf Abdrücke unterschiedlich geformter Blätter zu erkennen.

»Ist das nicht hübsch?«, fragte sie und erntete zustimmendes Gemurmel. Sogar Franzi gab zu, dass es schön aussah.

»Wir wollen Wandbehänge machen, die ihr anschließend mit nach Hause nehmen könnt, und den Stoff selbst mit Blättern und Textilfarbe bedrucken«, erklärte Frau Zenker. »Zunächst müsst ihr also geeignete Blätter pflücken. Achtet darauf, dass sie möglichst fest sind und eine ausgeprägte Struktur haben, zum Beispiel etwas dickere Blattadern, damit man es beim

Druck später sieht. Besonders eignen sich Ahorn, Efeu und Farn.«

»Denkt ihr, was ich denke?«, fragte Franzi, als die drei !!! kurz darauf die Blättersuche auf dem Außengelände begannen.
»Wir können heute Ermittlungen und Arbeitsauftrag elegant verbinden«, schlug Kim vor. »Efeu und Kastanienblätter finden wir hier im Hof, und auf dem Weg zum alten Schnuckenstall stehen doch Birken.«
»Gute Idee«, stimmte Franzi zu. »Dann los, beeilen wir uns, damit wir noch genügend Zeit haben, uns umzusehen. Bella ist gestern definitiv mit den Eulen in Richtung Stall gegangen.«
»He!«, rief Marie aus, als sie den Hof verlassen hatten und sich auf den Weg machten. »Seht mal. Ist das da drüben nicht Ronny?«
Tatsächlich! Die muskulöse Gestalt des Jungen war unverkennbar.
»Möglich, dass er heute nur seinem Onkel mit den Schafen hilft«, raunte Kim. »Aber ich wette, der hat eine andere Mission.«
»Finden wir es heraus«, sagte Franzi entschlossen. »Wozu sind wir Detektivinnen?«
Die drei !!! folgten Ronny mit einigem Abstand. Als er in Richtung Heide abbog, duckten sie sich in eine Senke und beobachteten, wohin er ging.
»Er verschwindet hinter dem Stall«, flüsterte Marie.
»Bleibt ihr hier und behaltet den Weg im Auge«, sagte Franzi.

»Ich schleiche mich durchs Gebüsch von hinten an. Dann erfasst mich die Kamera nicht.«
Sie lief leise ein Stück voraus und schlug sich seitlich in die Büsche. Vorsichtig arbeitete sie sich bis zur Rückseite des Gebäudes vor und spähte durch die Blätter der Büsche. Erstaunt beobachtete sie, wie Ronny ein am Boden liegendes Tarnnetz zur Seite zog und eine verborgene Luke öffnete. Franzi reckte den Hals, um besser sehen zu können. In dem Versteck erkannte sie eine Metallkiste, die ziemlich stabil aussah. Ronny öffnete sie und holte eine große Sporttasche heraus. Was da wohl drin war? Franzis Herz pochte aufgeregt. Würden sie nun dem Geheimnis der Widder-Spinne auf den Grund gehen?
Als Ronny über die Schulter blickte, duckte sie sich tiefer ins Gebüsch. Nach einer Weile richtete sie sich wieder auf und sah ihn gerade noch um die Ecke verschwinden. Brachte er etwas in den Schnuckenstall? Franzi wagte sich aus ihrem Versteck und schlich an der Wand entlang. Vielleicht konnte sie durch ein Astloch oder einen Spalt in den Brettern linsen, um zu sehen, was Ronny vorhatte. Schließlich fand sie eine geeignete Lücke, spähte hindurch und beobachtete, wie Ronny den Inhalt der Sporttasche auspackte.
»Mensch, das gibt es doch gar nicht!«, flüsterte Franzi. Ihre Freundinnen würden staunen!

Wenige Minuten später riss Franzi die Tür zum Schnuckenstall auf und trat ein. Kim und Marie folgten ihr und die drei Mädchen bauten sich im Durchgang zu der alten Schäferstube auf.

»Hallo, Ronny!«, rief Kim, während sie gleichzeitig auf den Auslöser der alten Kamera drückte.
Der Junge wirbelte erschrocken herum.
»Können wir dir vielleicht dabei helfen?« Kim deutete auf die Laptops, die Ronny auf die Biertische gestellt hatte und nun gerade verkabeln wollte. Franzis Blick fiel auf die geöffnete Klappe des Bollerofens, aus der ein Bündel Kabel heraushing.
»Ihr?«, rief Ronny. Seltsamerweise starrte er beim Sprechen auf sein Handydisplay. »Aber wie ... Ich habe euch überhaupt nicht kommen sehen.«
»Wir sind von hinten gekommen durch die Büsche, damit die Kamera in der Birke uns nicht entdeckt«, entgegnete Franzi. »Wir haben uns gefragt, wem sie wohl gehört.«
»Tja, die Frage wäre wohl beantwortet«, fuhr Kim fort. »Du hast sie angebracht, um den Weg zu überwachen, wenn du hier bist. Das Bild lässt du dir auf deinem Handy anzeigen. So konntest du sicherstellen, dass deine kleine Operation hier nicht auffliegt.«
»So ein Mist!« Ronny verzog das Gesicht. »Teona hat mich gewarnt. Die hier hat sie bei euch gefunden.« Er reichte Kim eine wohlbekannte Karte.
Franzi stöhnte innerlich. Ihre eigene Visitenkarte hatte sie verraten!
»Aber Frau Bertram muss davon doch nichts wissen, oder?«, fragte er. »Ich meine, wir können uns sicher irgendwie einigen.«

Die drei !!! Detektivinnen

Kim Jülich
Franziska Winkler
Marie Grevenbroich

Wir lösen jeden Fall!

Kontakt: siehe Rückseite

»Das kommt ganz darauf an«, sagte Marie und sah sich um. »Vielleicht erzählst du uns zuerst mal, was hier überhaupt läuft.«

Ronny grinste verlegen. »Äh ... ich schätze, ich habe eine Marktlücke genutzt und ein florierendes Geschäft aufgebaut.«

Staunend hörten die drei !!! zu, wie Ronny ihnen von seiner Idee erzählte, ein heimliches Internetcafé für digital ausgehungerte Unken aufzubauen. Früher hatte er sich im Schnuckenstall oft mit seinen Freunden getroffen, Computer gespielt und herumgehangen. Dafür hatten sie extra ein faltbares Solarpanel auf dem Dach montiert, um Strom zu haben. Doch dann hatten die meisten seiner Freunde eine Ausbildung begonnen und nun weniger Zeit. Ronny selbst ging noch zur Schule und fühlte sich einsam. Bei einem seiner Spieleabende hatte er Teona kennengelernt. Sie hatten sich angefreundet, und Ronny hatte erfahren, wie schwer es manchen Schülern fiel, auf Gut Unkentorf vollständig auf Handy und Internet verzichten zu müssen.

»Na ja. Ich mag Teona sehr gern und wollte ihr zeigen, was ich kann«, gestand Ronny und wurde ein bisschen rot. »Also habe ich herumgetüftelt. So etwas mache ich total gern. Das war für mich so eine Art Challenge.« Er grinste.

»Du hast dir das alles allein ausgedacht?«, fragte Kim, und Ronny nickte stolz.

»Alle Achtung!«, stimmte Marie zu. »Ganz schön raffiniert, das muss ich schon sagen.«

»Mein Onkel hat mir bei der Hardware geholfen«, erklärte Ronny. »Er weiß, dass die Gegend ein Albtraum ist, was den Netzausbau angeht. Zusammen haben wir Satelliten-Internet im Schnuckenstall installiert. Er hat den Vertrag für mich gemacht und all das. Natürlich glaubt er, ich brauche den Zugang bloß, um mit Freunden zu zocken. Von meinem kleinen Service für die Unkentorf-Schüler weiß er nichts.«

»Interessant«, sagte Kim. Sie konnte sich selbst auch für Computerthemen begeistern. »Oben am Schornstein montierst du dann die Satellitenschüssel, und die Kabel gehen durch den Kamin bis zu dem alten Ofen, der nicht mehr benutzt wird.«

»Ha!«, rief Franzi. »Und das seltsame Blinken, das ich neulich gesehen habe, war bestimmt deine Solarzelle.«

Ronny nickte. »Da muss die Tarnung verrutscht sein. Normalerweise decke ich sie ab, wenn sie nicht benutzt wird.«

»Das Geheimnis der Widder-Spinne dreht sich also nicht um ein Escape-Spiel, sondern um ein Internetcafé?«, fasste Marie zusammen.

Ronny grinste. »Tja, die Timeslots für die Online-Gänge haben die Unken bei den Spieleabenden erhalten.«

»Verstehe«, sagte Kim. »Um es interessanter zu gestalten, hast du mit dem 3-D-Drucker Münzen hergestellt.«
Ronny nickte. »Wie gesagt, ich liebe solche Tüfteleien und technischen Schnickschnack.« Er hielt stolz seinen Schlüsselanhänger hoch. »Den kann ich mit dem Handy tracken. Stark, oder?«
»Ja, faszinierend.« Marie schüttelte lachend den Kopf. »Aber vielleicht sollten wir beim Thema bleiben. Auf den Münzen stand, wer wann Internet-Zeit bekommen sollte?«
»Na klar!«, rief Kim. »1-1521 stand auf der Münze, die wir bei Teona gefunden haben. Ich wette, 1521 steht für die Uhrzeit. Aber was bedeutet die 1?«
»Gruppe eins«, erklärte Ronny und lächelte verschmitzt. »Natürlich muss ich höllisch aufpassen, dass mich niemand auffliegen lässt. Teona und Cooper helfen mir, zu entscheiden, wem wir trauen können.«
»Und nur die geeigneten Schüler bekommen die Widder-Spinne mit einem Code«, stellte Franzi fest. »Wir haben vermutlich keine bekommen, weil Teona wusste, dass wir Detektivinnen sind, aber was ist mit den Karpfen?«
»Die sind zu chaotisch und hätten sich bestimmt irgendwann verplappert«, erwiderte Ronny. »Das Risiko ist auch so schon nicht ohne. Im Frühjahr wäre es einmal fast ins Auge gegangen. Ein Mädchen, Dana oder Dunja oder so ähnlich, hat herumgeschnüffelt. Cooper wollte sie ablenken und hat sie zum alten Schwimmbad gelockt. Er wollte sie erschrecken.«
»Zum alten Schwimmbad? Aber ist das nicht zu gefährlich?«,

fragte Kim entsetzt. »Das Gebäude ist doch einsturzgefährdet, oder nicht?«

»Nein, nein. Das Amt hat erst letztes Jahr alles überprüft«, versicherte Ronny. »Einstürzen wird es so schnell nicht. Frau Bertram möchte es gern gemeinsam mit der Gemeinde umbauen, aber bisher hat sich noch kein Investor gefunden.«

»Trotzdem ist es keine gute Idee, im Dunkeln darin herumzulaufen«, entgegnete Franzi.

»Schon klar«, gab Ronny zu. »Cooper hat es bei seinem Streich übertrieben und diese Dunja oder wie sie hieß ...«

»Darja?«, hakte Franzi nach.

»Genau, Darja. So hieß sie«, bestätigte Ronny. »Die war ein bisschen zu neugierig, und Cooper wollte dafür sorgen, dass sie nicht weiter herumschnüffelt. Es sollte einen kleinen Spuk beim Eingang geben. Aber sie hat sich so erschreckt, dass sie ins Bad reingelaufen ist. Damit hatte er nicht gerechnet. Drinnen ist sie dann über ein paar lose Fliesen gestolpert und hat sich übel die Knie aufgeschlagen. Ein oder zwei Jahre zuvor ist übrigens mal jemand in das leere Becken gestürzt und hat sich einen Arm gebrochen. Das ist auch der Grund, warum Rasser jetzt erst recht aufpasst. Er hat Angst, dass sich so etwas wiederholt ...«

»Klar, das erklärt, warum er es mit dem Verbot, das Schwimmbad zu betreten, so ernst nimmt«, sagte Kim.

»Trotzdem, an diesem Schwimmbad ist irgendetwas merkwürdig!« Franzi dachte an den seltsamen Lichtschein. »Hast du dort mal irgendwas Außergewöhnliches beobachtet?«

Ronny verzog nachdenklich den Mund. »Nee, nicht dass ich

wüsste. Das heißt … seit dem Frühling ist irgendwo hier in der Nähe manchmal noch ein zweiter Hotspot aktiv. Aber nur nachts. Bis zu den Osterferien habe ich auch ziemlich spät noch Online-Zeiten angeboten, aber das wurde zu heikel. Die Bertram und der Rasser passen höllisch auf, dass sich niemand nachts rausschleicht. Daher biete ich meinen Service nur noch in der Nachmittags-Freizeit an.«

Kim musterte ihn nachdenklich. »Hast du eine Ahnung, wer hinter dem anderen Netz stecken könnte?«

»Anfangs habe ich gedacht, da macht mir einer Konkurrenz, aber dafür ist der zu selten und zu unregelmäßig aktiv. Teona konnte sich das auch nicht erklären. Aber vielleicht surft einer der Lehrer im Internat heimlich nachts im Netz. Sind ja auch nur Menschen.« Er lachte.

»Hm«, machte Franzi. »Und sonst? Hast du auf deiner Webcam mal nachts irgendetwas Ungewöhnliches beobachtet?«

»Nee, nicht dass ich wüsste. Nichts Spannendes jedenfalls und das ist nur ein billiges Ding. Im Dunkeln sieht man da nicht viel. Dafür braucht man schon Nachtsicht. Ab und zu ist mir mal ein dunkler Transporter aufgefallen, der auf dem Forstweg in der Nähe der alten Schwimmhalle parkt, aber ich nehme an, der gehört dem Förster oder irgendwem, der mit seinem Hund unterwegs ist oder so.«

Kim schaute nervös auf die Uhr. »Wir müssen langsam wieder zum Textil-Kurs!«

»Und jetzt?«, fragte Ronny mit hochgezogenen Schultern. »Wie sieht es aus? Verratet ihr mein kleines Unternehmen?«

Franzi schaute ihre Detektivkolleginnen an und konnte sehen, dass sie alle dasselbe dachten. »Nein«, sagte sie schließlich. »Jedenfalls vorerst nicht. Allerdings müssten wir dich im Gegenzug um einen klitzekleinen Gefallen bitten.«

Im Netz der Widder-Spinne

Die drei Freundinnen konnten kaum abwarten, dass endlich die Nachmittagsfreizeit beginnen würde. Dank Ronny konnten sie nun nachforschen, was es mit dem Aufkleber von diesem Online-Shop auf sich hatte, den Franzi beim Schwimmbad gefunden hatte.

Eilig liefen sie durch die Heide in Richtung Stall, wo Ronny und Teona sie bereits erwarteten.

»Hereinspaziert«, sagte Ronny und grinste. »Willkommen im Netz der Widder-Spinne. Ich habe die anderen extra früher weggeschickt, damit ihr ganz in Ruhe surfen könnt. Finde ich hochanständig von euch, dass ihr mich nicht auffliegen lasst.«

»Na klar«, sagte Kim. »Wenn wir uns darauf verlassen können, dass du dein Versprechen hältst und in Zukunft auf deinen kleinen Nebenverdienst verzichtest.«

»Natürlich«, sagte Teona. »Ronny ist ein Ehrenmann.«

Ronnys Ohrspitzen färbten sich verdächtig rot und er grinste. »Na ja, um das Geld ging es mir ja sowieso nicht. Dafür hätte sich der Aufwand wohl kaum gelohnt. Mir ging es immer mehr

um die Tüftelei. Außerdem habe ich jetzt neue Freunde gefunden und die Spieleabende kommen auch ohne meinen Sonderservice gut an.«
»Stimmt«, bestätigte Franzi. »Der Abend hat echt Spaß gemacht.«
»Also, tobt euch aus.« Ronny deutete auf die Laptops. »Teona und ich sind draußen und behalten unsere Birken-Cam im Auge.«
Sofort machten sich die drei !!! an die Recherche. Franzi holte den Aufkleber hervor und Kim tippte die Adresse des Shops in das Browserfenster.
»Nanu?« Marie staunte. »Das ist ein Mode-Shop.«
»*Green Cameron Highlands*. Der Name passt irgendwie gar nicht«, bemerkte Franzi. Die geschwungene Schriftart und der Seitenhintergrund mit den bunten Blüten und grünen Blättern wirkte eher exotisch. »Sieht jedenfalls nicht gerade nach Schottland aus.«
»Warte mal, scroll doch nicht so schnell!«, rief Marie. »Schaut mal. Das sind alles total trendige Marken. Und echt günstig! Seht euch mal die Preise an.«
Langsam scrollte Kim durch die Shopseiten. Franzi und Marie hockten rechts und links von ihr auf der Bierbank und schauten ebenfalls auf den Monitor.
»Irre!« Marie schüttelte den Kopf. »Klick das mal an, ja?« Sie deutete auf ein petrolfarbenes Oberteil mit asymmetrischem Schulterausschnitt.
Kim rief die Artikelbeschreibung auf.

»Sag nicht, du willst noch schnell ein Sommeroutfit shoppen.« Franzi grinste.
»Haha! Sehr witzig.« Marie lachte trotzdem. »Nein, aber das Shirt ist von *Tantei*. Die Schnitte und Farben würde ich überall erkennen.«
»Ist das nicht diese japanische Modemarke, die du so toll findest? Von der deine selbst genähte Tasche inspiriert war?«, erinnerte sich Kim.
»Genau.« Marie betrachtete stirnrunzelnd das Top auf dem Monitor. Sie ließ Kim ein Detail vergrößern. »Seht mal. Diese silberne Stickerei und die Applikation. Das ist ein Teil aus der Jubiläums-Kollektion. Eine limitierte Auflage. Die war schon vor Erscheinen ausverkauft. Da stimmt doch etwas ganz und gar nicht.«
»Eigenartig.« Franzi deutete auf den Monitor. »Man kann es ganz normal in den Warenkorb legen. Da steht nichts von ausverkauft.«
»Marie hat recht«, sagte Kim. »Das stinkt doch gewaltig. Ob diese Sachen gefälscht sind?«
»Ich habe neulich erst einen Artikel darüber gelesen«, berichtete Marie. »Es ist wohl ein Riesengeschäft. Die Designs von teuren Marken werden kopiert, billig irgendwo produziert und dann auf Märkten oder in Onlineshops angeboten.«
»Aber warum kaufen die Leute so nachgemachtes Zeug?«, überlegte Franzi. »Wenn man auf Markennamen Wert legt, möchte man dann nicht die echten Sachen?«
»Das kommt darauf an«, sagte Marie. »Die Fälschungen, so-

genannte Plagiate, sehen auf den ersten Blick oft täuschend echt aus. Mit Marken verbinden viele ein bestimmtes Image. Sie möchten cool wirken – oder reich. Natürlich sind die Plagiate viel günstiger als die echten Markenprodukte. Die Fälscher machen aber immer noch einen dicken Gewinn. Denn sie lassen die Kleider ganz billig und oft unter unmöglichen Arbeitsbedingungen herstellen.«

»Hm«, machte Kim, als sie sich weiter durch die Homepage klickte. »Die Seite hat auch kein richtiges Impressum. Als Adresse steht da nur ein Postfach. Und der Domain-Name ist auch ungewöhnlich. Also, das hinter dem Punkt: *CamHigh-Shop.my/com*. Das wirkt nicht gerade seriös.«

»Gib doch den Namen des Shops mal in die Suchmaschine ein«, schlug Franzi vor. »Vielleicht findet man etwas.«

Kim tippte ihn ein. Bilder einer grünen Berglandschaft wurden angezeigt. »Oh!«, rief sie. »Seht mal, das …«

Plötzlich flog die Tür auf und Ronny und Teona kamen hereingestürzt.

»Achtung! Da kommt jemand. Schnell, helft mir mal, die Laptops in die Tasche zu packen!«, rief Ronny. »Teona, du übernimmst die Kabel.«

In null Komma nichts waren die Geräte in der Sporttasche verschwunden, die Ronny hinter der Tür versteckte. Nichts deutete mehr auf das geheime Internetcafé hin. Er warf einen Blick auf das Handy-Display. »Entwarnung, sie biegen ab. Das waren eure Karpfen. Tut mir leid, aber ich wollte kein Risiko eingehen.«

»Schon gut.« Franzi winkte ab.
»Habt ihr denn wenigstens etwas herausgefunden?«, fragte Ronny.
Kim warf ihren Detektivkolleginnen einen fragenden Blick zu. Franzi und Marie nickten kaum merklich. Also berichtete sie von der Seite und dem Verdacht.
»Produkt-Piraten? Davon habe ich auch schon gehört«, sagte Teona. »Damit kann man angeblich eine Menge Geld verdienen.«
»Ich könnte diesen Shop für euch im Auge behalten und versuchen, mehr darüber herauszufinden«, bot Ronny an.
»Danke. Das wäre nett.« Franzi lächelte. »Gehen wir zurück zum Gutshof? Ich könnte etwas zu trinken vertragen.«
»Ich auch«, stimmte Kim zu. »Kommst du mit, Teona?«
Teona räusperte sich. »Nein, äh … ich bleibe noch ein bisschen hier und … helfe Ronny beim …«
»Aufräumen«, ergänzte Ronny. »Wir müssen noch die Tasche verstauen.«

»Von wegen Aufräumen«, sagte Marie, als sie sich auf den Rückweg machten. Sie grinste. »Ist euch aufgefallen, wie die beiden sich angesehen haben?«
Franzi grinste. »Die beiden mögen sich anscheinend. Es braucht nicht viel detektivischen Scharfsinn, um das zu erkennen.«
»Tja, dafür aber umso mehr für unseren Fall«, sagte Kim. »Was macht ein Aufkleber von einem Shop mit Marken-Fakes in der alten Schwimmhalle?«

»Mensch!«, rief Franzi. »Das könnte doch die Erklärung für den zweiten Hotspot sein, den Ronny bemerkt hat.«
»Na klar!«, stimmte Marie zu. »Fragt sich nur, wer sich da im Internet herumtreibt und ob diese Person etwas mit dem Shop zu tun hat.«
»Vielleicht ist Darjas Unfall gar nicht der Grund, warum Herr Rasser so erpicht darauf ist, dass niemand das alte Schwimmbad betritt«, mutmaßte Kim.
»Das würde passen«, bestätigte Franzi. »Die Karpfen haben doch angeblich in der Nacht, als Piet sich verletzt hat, einen Mann gesehen. Das hätte Rasser sein können.«
»Oder Bodhi«, gab Marie zu bedenken. »Der geistert schließlich auch nachts hier herum.«
»Zu Bodhi würde ein Mode-Shop auch eher passen als zu Herrn Rasser«, überlegte Kim. »Wobei das genau genommen Karen Zenkers Metier wäre.«
»Ja, aber sie hat eine ganz andere Statur als Rasser und Bodhi«, widersprach Marie energisch.
»Stimmt. Sie ist eher zierlich«, lenkte Franzi ein.
»Außerdem kam sie ja direkt zum Schwimmbad. Und das auch nur, weil sie Aufsicht hatte und den Tumult bemerkt hat.«
»Was ist mit Ronny?«, fiel Kim plötzlich ein. »Von der Statur her könnte er es gewesen sein und er kennt sich mit dem Internet aus. Wenn er es war, hätten wir ihn gewarnt. Und statt den Shop zu überwachen, lässt er ihn verschwinden.«
»Oje, das wäre allerdings ein ziemlicher Fehlschlag!«, rief Franzi.

Geheimes Tagebuch von Kim Jülich
Mittwoch, 20:45 Uhr

► Ben und Lukas, wie ihr seht, seht ihr nichts! Ätsch. ◄
Ich schreibe vorsichtshalber wieder mit Franzis Spezialstift. Wir kommen gerade vom Spieleabend. Ronny hatte interessante Spiele, die wir ausprobieren konnten. Wann hat man zu Hause dafür schon mal genug Mitspieler? (Vor allem welche, die nicht schummeln.)
Ronny will sein Café auf Eis legen. Die Widder-Spinnen werden seinen Service vermissen. Dabei ist es zugegeben ganz erholsam mal ohne Handy und Internet. Die Arbeit mit den Tieren und die Kurse machen Spaß. Langeweile kommt da nicht auf. Vor allem nicht, wenn man noch einen Fall aufzuklären hat. Nur den Kontakt mit Camilla vermisse ich. Ich freue mich schon, sie wiederzusehen.

Detektivtagebuch von Kim Jülich
Mittwoch, 20:52 Uhr

Wir sind uns nicht sicher, ob wir Ronny trauen können. Nach dem Spieleabend haben wir ihm und Teona beim Aufräumen geholfen. Dabei berichtete er sehr bereitwillig, dass er nachts zweimal beobachtet hat, wie der dunkle Lieferwagen, von dem er uns erzählt hat, über den Feldweg Richtung Schwimmhalle gefahren ist. Dabei ist dort für Autos gesperrt. Fragt sich, ob er uns einen wertvollen Hinweis geliefert hat oder ob er versucht, uns auf eine falsche Fährte zu locken. Schon komisch, dass ihm das plötzlich noch eingefallen ist.
Wenn Ronny etwas mit dem Shop zu tun hat, muss es allerdings Komplizen geben. Er kennt sich zwar mit dem Internet aus, aber wie sollte er als Jugendlicher die Waren durch den Zoll bekommen? Das geht am einfachsten, wenn eine Firma beteiligt ist.

Als wir darüber geredet haben, fiel Marie das unverkäufliche Yoga-Outfit aus dem Outlet wieder ein. Ob das Teil von Tantei eine Fälschung war?
Im Nachhinein wirkt die Reaktion von Herrn Opitz etwas seltsam. Ihm sollten wir auf jeden Fall noch einmal auf den Zahn fühlen. Vielleicht ergibt sich eine Gelegenheit, mit der Aushilfe zu sprechen, die dort an der Kasse stand. Dieses Mal sind wir auch nicht auf den Bus angewiesen. Die Falken haben beim Spieleabend erzählt, dass man sich im Ort Mountainbikes leihen kann. Franzi meinte, wenn wir den Radweg entlang der Landstraße nehmen, wären wir schnell beim Outlet. Ich hoffe bloß, sie hat bedacht, dass wir nicht alle solche Sportskanonen sind. 😉

Eine eigenartige Verabredung

Mit den gemieteten Mountainbikes radelten die drei !!! am folgenden Nachmittag zum Gewerbegebiet Riedbach. Die Sonne brannte auf den Asphalt. Kim stöhnte, schlug sich jedoch tapfer, und nach einer Viertelstunde hatten sie das Ziel erreicht, wo sie die Fahrräder vor dem Fliesenhandel anschlossen. Dann gingen sie zu Fuß zum Outlet.

Der weiße Lieferwagen mit dem Logo des Ladens, der vor dem Gebäude parkte, fiel ihnen sofort auf.

»Das ist schon mal nicht der Transporter, der nachts zur alten Schwimmhalle unterwegs war«, kommentierte Franzi.

»Wenn es den überhaupt gegeben hat«, gab Marie zu bedenken. »Wir wissen immer noch nicht, ob Ronny ihn nicht vielleicht erfunden hat.«

»Und jetzt?«, fragte Franzi. »Gehen wir rein und befragen die Aushilfe?«

»Hm«, machte Kim. »Ich weiß nicht. Wir sollten nicht zu direkt vorgehen. Wenn Opitz oder jemand hier etwas mit dem Online-Shop zu tun hat, wäre er gewarnt.«

»Ich denke, wir sollten uns lieber erst einmal so umsehen«, schlug Marie vor. »Vielleicht sehen wir etwas Verdächtiges.«
»Gut. Schauen wir mal hinter die Halle.« Franzi ging voraus um das graue klotzartige Gebäude herum. Auf der Rückseite entdeckten die drei !!! ein halb geöffnetes Rolltor. Vorsichtig spähten sie hinein. Vorne stapelten sich Kartons auf Paletten, hinten standen ein paar fahrbare Kleiderständer – einige mit Kleidung daran, andere leer.
Als sie Schritte und eine weibliche Stimme hörten, zogen die drei Freundinnen sich schnell zurück und lauschten.
»Die Kartons, die heute Morgen gekommen sind, habe ich schon ausgepackt. Die Sachen hängen auf den Ständern. Ich kann sie gleich noch auspreisen und einsortieren.«
»Danke, Katja«, sagte eine männliche Stimme aus dem Hintergrund.
»Was ist denn mit den anderen Kartons? Die stehen schon seit Montag hier in der Ecke. Soll ich die auch auspacken?«
»Nein, danke. Das ist nicht nötig«, erwiderte der Mann. »Wenn ich das richtig im Kopf habe, hast du noch einige Überstunden auf dem Zettel. Wie wäre es, wenn du jetzt nach Hause gehst? Den Rest kann ich doch übernehmen. Und Marita ist auch noch da. Die macht die Kasse.«
»Oh, danke, Herr Opitz! Dann räume ich nur schnell zusammen und nehme den nächsten Bus.«
»Mach das. Und schönen Feierabend.«
Die drei !!! zuckten zusammen, als ein Brummen ertönte und sich das Rolltor in Bewegung setzte.

»Schade«, flüsterte Kim. »Jetzt ist das Tor zu. Ich hätte mich da drin gern mal umgesehen.«
»Ja, vor allem die Kartons hätten mich interessiert«, wisperte Marie. »Und warum dieser Opitz sie unbedingt selbst auspacken möchte.«
»Die Aushilfe sagte doch, sie würde den nächsten Bus nehmen«, sagte Franzi. »Vielleicht können wir sie abpassen und mit ihr sprechen.«
Gerade als die drei !!! den Hinterhof des Outlets verlassen wollten, entdeckte Franzi etwas. Sie deutete zu einem Carport mit Wellblechdach hinüber, unter dem ein blauer Container stand.
»Da steht ein Altpapiercontainer. Vermutlich entsorgen die da ihre Kartons. Wieso …?«
Kim grinste. »Mensch, Franzi, du Adlerauge. Den hätte ich beinahe übersehen.«
Hinter dem Container und zum größten Teil davon verdeckt parkte ein dunkelgrauer Kleintransporter.
»Das könnte doch Ronnys dunkler Transporter sein.«
»Könnt ihr das überprüfen? Ich möchte diese Katja nicht verpassen«, sagte Marie ungeduldig.
»Gute Idee«, stimmte Kim zu. »Wir nehmen den Transporter unter die Lupe und du gehst zur Bushaltestelle.«
Franzi und Kim liefen zu dem Carport hinüber und untersuchten den Lieferwagen. Ein Logo oder eine Beschriftung gab es nicht.
»Schau mal.« Franzi deutete auf die Profilrillen der Reifen.
»Sieht aus, als wäre der Wagen auf sandigem Boden unterwegs

gewesen.« Kim holte den alten Fotoapparat aus ihrem Rucksack und machte ein Bild von dem Transporter und Detailaufnahmen von Reifen und Unterboden. »Keine Ahnung, ob wir den Film hier noch entwickeln lassen können, aber sicher ist sicher.« Dann notierte sie sich Fabrikat und Kennzeichen des Lieferwagens.

»Ob der Wagen Herrn Opitz gehört?« Franzi spähte durch die Fenster in die Fahrerkabine. »Nichts zu sehen.«

»Auf jeden Fall jemandem vom Outlet«, meinte Kim. »Ein Fremder würde sicher nicht hier parken.«

»Fragt sich nur, ob es der Wagen ist, den Ronny gesehen haben will«, überlegte Franzi. »Der sandige Boden könnte darauf hinweisen, aber er könnte auch irgendwo anders in der Heide unterwegs gewesen sein.«

»Auf jeden Fall gehört Herr Opitz damit zum engeren Kreis unserer Verdächtigen«, stellte Kim fest. »Komm, gehen wir zu Marie, bevor uns noch jemand entdeckt.«

Sie überquerten den Hof und bogen gerade um die Ecke, als sie auf der Seite des Gebäudes jemanden neben einer geöffneten Tür stehen sahen. Die Person hatte offenbar eine E-Zigarette in der Hand und paffte eine dünne Dampfwolke in die Luft. Franzi zog Kim am Ärmel hinter einen Stromkasten.

»Das ist Opitz«, flüsterte sie. »Ich glaube, er hat uns noch nicht gesehen. Sonst würde er bestimmt wissen wollen, was wir im Hinterhof zu suchen haben.«

Kim spitzte vorsichtig hinter dem Stromkasten hervor. Sie sah, wie Opitz sein Handy aus der Tasche zog, mit dem Daumen der freien Hand auf dem Display herumtippte und es sich ans Ohr hielt.

»Hi. Ich bin es, Arndt. Schade, dass uns neulich etwas dazwischengekommen ist. Heute hätte ich aber Zeit, wenn es bei dir passt. Wie wär's mal wieder mit einem Filmabend? *Sieben Minuten nach Mitternacht* wird jetzt zum Streaming angeboten. Wir könnten demnächst auch mal wieder schwimmen gehen. Was meinst du? Ruf mich doch einfach zurück, wenn du das abhörst. Oder schick mir eine Nachricht.«

Er steckte das Handy wieder in die Tasche, zog noch einmal an seiner E-Zigarette und ließ auch sie in der Jackentasche verschwinden. Dann ging er durch die Tür zurück ins Outlet.

Kim und Franzi warteten noch einen Augenblick, bevor sie sich aus ihrem Versteck hervorwagten.

»Komischer Anruf«, fand Kim.

Franzi zog die Schultern hoch. »Wieso? Anscheinend hat er eine Verabredung.«

»Weiß nicht.« Kim runzelte die Stirn. »Warum verabredet man sich zum Filmabend und schlägt dann vor, mal wieder schwimmen zu gehen?«

»Stimmt. Ein bisschen seltsam ist das schon«, gab Franzi zu. »Na ja, darüber können wir uns auch später noch den Kopf zerbrechen. Komm, Marie fragt sich bestimmt schon, wo wir bleiben.«

Marie hatte tatsächlich schon auf die beiden gewartet. »Wo wart ihr so lange? Der Bus ist gerade losgefahren.«

Kim berichtete von ihren Beobachtungen und dem belauschten Telefonat.
»Klingt wirklich merkwürdig«, fand auch Marie. »Ob wir Ronny nach dem Transporter fragen sollten? Vielleicht klingelt ja doch etwas bei ihm, wenn wir ihm die Marke und das Kennzeichen nennen.«
»Ich weiß nicht. Was Ronny angeht, sollten wir vorerst ein bisschen auf der Hut sein«, sagte Kim. »Wir wissen noch immer nicht, ob wir ihm und Teona vertrauen können.«
»Wie lief es denn bei dir, hast du mit Katja sprechen können?«, fragte Franzi.
Marie nickte. »Ich habe einfach so getan, als wäre ich noch immer an dem Yoga-Outfit interessiert, und habe sie gefragt, ob sie weiß, warum ich es nicht kaufen konnte, wenn es doch im Laden hing.«
»Und was hat sie gesagt?«, wollte Kim wissen.
»Sie meinte, Herr Opitz hätte es ihr erklärt, nachdem wir gegangen sind. Angeblich hat es sich um B-Ware gehandelt.«
»B-Ware?«, fragte Franzi. »Also Sachen, die bei der Qualitätskontrolle wegen kleiner Mängel aussortiert wurden, richtig?«
»Genau.« Marie nickte. »Opitz hätte ihr erzählt, sie bekämen manchmal von den Herstellern solche Ware zu einem günstigen Preis. Die würden sie dann entsprechend kennzeichnen und mit deutlichem Rabatt im Outlet verkaufen.«
»Aha«, machte Franzi. »Und warum konntest du das Teil dann nicht kaufen? Weil es nicht als B-Ware gekennzeichnet war?«

»Herr Opitz hat erklärt, dem Hersteller sei bei der Lieferung ein Fehler unterlaufen«, erwiderte Marie. »Die B-Ware sei aus Versehen bereits vor dem offiziellen Verkaufsstart der Kollektion an die Händler ausgeliefert worden. Daraufhin haben sie die Händler über den Fehler informiert und darum gebeten, die Ware bis dahin zurückzuhalten.«
»Klingt beinahe glaubhaft«, fand Kim.
»Ja, unmöglich ist es jedenfalls nicht«, stimmte Marie zu.
»Aber warum hing es dann trotzdem im Laden?«, fragte Franzi.
»Katja vermutet, es müsse beim Auspacken aus dem Karton gefallen sein«, berichtete Marie. »Sie hat es jedenfalls im Lager auf dem Boden gefunden. Weil sie dachte, es wäre vom Bügel gerutscht, hat sie es aufgehoben und auf eine der Kleiderstangen gehängt.«
»Und dann hat einer der Angestellten den Kleiderständer genommen und die Sachen einsortiert«, folgerte Kim.
Franzi nickte. »Das würde jedenfalls erklären, warum das Outfit da hing und Opitz sich an der Kasse geweigert hat, es dir zu verkaufen.«
»Das ist eine glaubwürdige Erklärung«, sagte Kim nachdenklich. »Wenn wir allerdings alles zusammennehmen: den Aufkleber im Schwimmbad, den Online-Shop mit den Marken-Fakes, Ronnys Aussage und den dunklen Transporter im Hinterhof …«
»… dann ist Herr Opitz auf jeden Fall noch immer ein Verdächtiger«, folgerte Franzi. »Und die einzige weitere Spur führt zum Schwimmbad.«

»Schwimmbad!«, rief Kim plötzlich. »Na klar. Arndt Opitz hat seinem unbekannten Gesprächspartner doch vorgeschlagen, ›mal wieder schwimmen zu gehen‹. Das könnte doch ein Hinweis auf den Treffpunkt gewesen sein.«

»Und dann der Name des Films!«, erinnerte sich Franzi. »Ausgerechnet eine Zeitangabe! Außerdem hat er gesagt, dass neulich etwas ›dazwischengekommen‹ sei.«

»Damit könnte die Mutprobe unserer Karpfen gemeint sein«, folgerte Kim. »Vielleicht war Opitz der Mann, den sie gesehen haben.«

»Möglich«, stimmte Franzi zu. »Aber das finden wir nur heraus, wenn wir heute Nacht die alte Schwimmhalle im Blick behalten.«

Hängepartie um Mitternacht

Franzi und Marie warteten ungeduldig im dunklen Waschraum, als sich die Tür leise öffnete und Kim zu ihnen hereinschlüpfte. Im schwachen Mondlicht, das durch das Fenster hereinschien, sah Franzi, dass Kim ihre Hose über dem Arm trug und die Schuhe in der Hand hielt. Auf dem Rücken hatte sie einen kleinen Rucksack, in dem sich Taschenlampen, Maries Dietrichset und Kims Kamera befanden.

»Na endlich«, flüsterte Franzi. »Wir dachten schon, du wärst wieder eingeschlafen.«

»Teona hat sich dauernd umgedreht«, erklärte Kim. »Ich hatte Angst, sie wäre wach geworden. Also habe ich gewartet. Dann hat sie aber wieder vor sich hin geschnorchelt und ich bin rausgeschlichen.« Sie lachte leise, stellte die Schuhe auf dem Boden ab und schlüpfte in ihre Hose. Um weniger Lärm zu machen, waren die drei !!! nacheinander aufgestanden und hatten sich im Waschraum getroffen.

Franzi und Marie warteten, bis Kim ihre Schuhe angezogen hatte, dann schlichen sich die drei Freundinnen hinaus.

Als sie aus dem Haupteingang schlüpften, war die Luft noch immer warm und es waren sogar vereinzelt Grillen zu hören. Kim verteilte die Taschenlampen, dann liefen sie geduckt über den Rasen hinter dem Hauptgebäude in Richtung der alten Schwimmhalle.

»Wie besprochen«, flüsterte Kim. »Franzi, du siehst dich drinnen um, Marie, du behältst den Bereich hinter dem Schwimmbad im Auge, und ich schiebe hier vorne im Gebüsch beim Eingang Wache.«

»Alles klar.« Franzi reckte den Daumen in die Höhe. »Wenn eine von euch beiden etwas sieht, macht ihr einen Eulenruf.«

»Pah, Eulen! Als Schnucken müssten wir ja eigentlich blöken.« Kim kicherte. »Aber ich fürchte, das fällt auf.«

»Ja, da könntest du recht haben.« Franzi lachte.

»Also los«, sagte Kim. »Ich hoffe, Herr Rasser hat das Brett nicht wieder festgenagelt.«

Vorsichtig schlich Franzi auf die Rückseite des Gebäudes. Zu ihrer Erleichterung sah sie, dass der Hausmeister das lose Brett noch nicht entdeckt hatte. Sie zwängte sich durch die Lücke und landete wieder in dem gefliesten Gang mit den Rohren an der Decke. Die Scherben der abgebröckelten Fliesen knirschten unter ihren Schritten, und Staubflocken tanzten im Lichtkegel ihrer Taschenlampe. Sie blieb kurz stehen, knipste die Lampe aus und lauschte in die Dunkelheit. Im Gebäude schien sich nichts zu regen, nur ihr eigener Atem war zu hören.

Sie wollte die Lampe gerade wieder einschalten, als sie hinter sich Geräusche hörte. Zuerst ein Schnaufen und Schaben, gefolgt von einem dumpfen Aufprall und einem Keuchen. Franzi hielt den Atem an. Ihr Herz wummerte. Dann hörte sie das Knirschen von Schritten.

»Franzi?«, hörte sie eine zittrige Stimme in der Finsternis. »Franzi, bist du hier? Mist! Ist das dunkel!«

»Kim!«, zischte Franzi und knipste die Taschenlampe wieder an. »Du hast mich zu Tode erschreckt. Was machst du hier? Du solltest doch vorne …«

»Schnell! Wir müssen uns irgendwo verstecken«, wisperte Kim. »Rasser ist plötzlich aufgetaucht. Vielleicht war er es, mit dem Opitz telefoniert hat. Er hätte mich beinahe erwischt. In der Eile ist mir nichts Besseres eingefallen, als hier reinzuklettern.«

»Verflixt! Und was ist mit Marie?«

»Die hat sich in die Büsche geschlagen. Ich hoffe, Rasser hat sie nicht erwischt«, erklärte Kim hastig. »Du warst doch schon mal hier drin. Weißt du, wo wir uns verstecken können?«

»Ich glaube schon«, flüsterte Franzi und lief voraus in Richtung Kellertreppe. »Hier entlang.«

Die beiden Mädchen liefen die Treppe hinunter. Dort gelangten sie auf einen weiteren Flur. In letzter Sekunde zwängten sie sich in einen leeren Schrank und Franzi schaltete die Lampe aus.

Dumpf hörten sie über sich das Geräusch der schweren Eingangstür, die ins Schloss fiel. Schritte hallten durch die unheimliche Stille und schienen näher zu kommen. Franzi schluckte trocken. Ihre Zunge klebte am Gaumen und ihr Herz pochte

wie wild. Hoffentlich würde Rasser nicht in den Schrank schauen. Schließlich war ihr Versteck nicht besonders gut.
Die Schritte verharrten am Kellerabgang. »Hallo? Ist da jemand?«, hörten sie Rassers Stimme. Dann deutlich leiser: »Verflixte Bengel! Wenn ich die in die Finger kriege.«
Nun kamen die Schritte die Treppe herunter und der Lichtkegel einer Taschenlampe tanzte durch den Flur.
»Ich habe euch gewarnt!«, rief Rasser.
Sie hörten, wie an zwei Türen gerüttelt wurde und der Hausmeister irgendetwas murmelte. Franzi verstand nur »wohl getäuscht« und »draußen«. Dann hörte sie die Schritte wieder die Treppe hinaufstapfen.
Neben ihr ließ Kim erleichtert den Atem entweichen. »Er geht wieder«, flüsterte sie.
Franzi atmete ebenfalls auf, doch dann hörte sie etwas, das ihr überhaupt nicht gefiel. Ein metallisches Quietschen und Schaben, dann einen dumpfen Knall und das Geräusch eines Schlüsselbundes.
»Oh nein!«, stieß sie hervor. »Er hat den Keller abgeschlossen. Wir sitzen in der Falle.«
»Was? Hier unten?« Sie konnte spüren, wie Kim sich an ihrer Seite anspannte, und hörte, dass ihr Atem schneller ging.
»Ganz ruhig.« Franzi schaltete die Taschenlampe wieder ein und öffnete die Schranktür. »Immerhin hat Rasser Marie nicht erwischt.«
»Richtig. Marie!« Kim atmete tief ein und aus. »Bestimmt kommt sie bald und holt uns hier raus.«

Die Minuten vergingen quälend langsam. Immer wieder schaltete Franzi die Taschenlampe aus, um die Batterie zu schonen. Doch jedes Mal, wenn sie das Licht wieder einschaltete, um auf die Uhr zu sehen, war der Zeiger kaum vorgerückt. Auch nach fünf Minuten war nichts zu hören.
»Mist!«, rief Kim, und Franzi konnte die Angst in ihrer Stimme hören. »Bestimmt hat er Marie doch noch erwischt.«
»Oder er läuft noch draußen herum und sie kann sich nicht aus ihrem Versteck herauswagen«, sagte Franzi. »Komm. Wir sehen mal nach, ob wir einen anderen Weg nach draußen finden. Die Tür können wir wohl nicht öffnen. Wenn Marie mit ihrem Dietrichset ...«
»Maries Dietrichset!«, rief Kim freudig aus. »Das steckt noch in meinem Rucksack. Vielleicht können wir damit die Tür öffnen.«
Eilig liefen sie die Treppe hinauf und Kim holte das Set aus dem Rucksack. Franzi richtete den Strahl ihrer Taschenlampe auf das Schloss an der Metalltür und schüttelte den Kopf.
»Vergiss es, Kim. Das ist ein Sicherheitsschloss. Das kriegen wir nicht auf. Schon gar nicht ohne Marie.«
»Mist!«, stieß Kim hervor. »Und jetzt? Wir können auch nicht einfach hierbleiben. Womöglich ist Marie Rasser in die Arme gelaufen ... oder Opitz. Wenn einer der beiden hier auftaucht, sitzen wir doch in der Falle.«
»Wir müssen einen anderen Weg finden.« Franzi ließ den Strahl ihrer Taschenlampe über die Wände gleiten. »Was ist mit den beiden Türen, an denen Rasser vorhin gerüttelt hat?

Die sehen aus, als hätten sie normale Schlösser. Wenn wir die öffnen können, finden wir vielleicht einen Weg nach draußen.«

»Wir sollten es auf jeden Fall versuchen, bevor Rasser oder Opitz uns hier unten erwischen«, sagte Kim.

Kim hatte sichtlich Mühe, die Hände ruhig zu halten, als sie sich mit Maries Dietrichset am Schloss der ersten Tür zu schaffen machte.

»Keine Angst, Kim. Du schaffst das«, beruhigte Franzi ihre Freundin und versuchte, die Lampe so zu halten, dass der Schatten von Kims Hand nicht auf das Schloss fiel. Schließlich war ein Klicken zu hören.

»Geschafft!«, stieß Kim hervor und drückte die Klinke hinunter. Die Tür schwang auf und Franzi leuchtete in den Raum dahinter. Der Lichtkegel glitt über Stapel brauner Pappe und Papierrollen, die in einer Ecke des Raumes lagerten. Daneben standen zwei übereinandergestapelte große Kartons. Auf einem Tisch an der hinteren Wand lag ein Klebebandabroller, und daneben entdeckte Franzi zwei kleine Kartons und eine Plastikbox, in der mehrere Versandtaschen steckten.

»Das gibt's doch nicht!«, entfuhr es ihr. »Ich glaube, wir haben gerade unseren Online-Shop gefunden.«

Kim knipste ebenfalls ihre Lampe an und sie betraten den Raum.

Franzi nahm die Kartons und Versandumschläge in Augenschein. »Sieh mal!«, rief sie und befühlte die Umschläge. »Da sind die Aufkleber von dem Shop drauf. Und es ist irgendetwas Weiches drin. Und ich wette, in den großen Kartons da befindet sich die Ware.« Franzi machte sich daran, ihre Theorie zu überprüfen.

Kim leuchtete in die andere Ecke. »Hier steht ein Drucker mit einem losen Kabel. Sieht aus, als könnte man einen Laptop daran anschließen.«

»Schau mal hier!«, rief Franzi. Vorsichtig hatte sie den obersten Karton geöffnet und schaute hinein. »Da sind Klamotten drin! Alle möglichen Marken. Opitz und sein Komplize betreiben wirklich einen geheimen Versandhandel. Bestimmt hat Rasser deswegen an den Türen gerüttelt. Um sicherzugehen, dass sie noch verschlossen sind und niemand sein Geheimnis entdeckt hat.«

»Irgendwie passt das gar nicht zu ihm«, sagte Kim nachdenklich. »Den geheimen Mode-Shop würde ich eher Bodhi zutrauen.«

»Darüber können wir später noch nachdenken. Mach jetzt besser ein paar Fotos von den Beweisen. Hat deine Kamera einen Blitz?«

»Ja, so alt ist sie auch wieder nicht«, antwortete Kim, während sie sich ans Werk machte. Nach einigen Fotos stutzte sie. »Mist! Der Film ist voll. Ich habe auf der Wanderung neulich so viel geknipst. Moment, ich lege schnell einen neuen ein.«

Sobald sie fertig war, fotografierte sie die Ecke mit dem Drucker. »Hier liegen Werbepostkarten.«

»Wir müssen uns beeilen!«, mahnte Franzi, als Kim eine Karte untersuchte. »Vielleicht gibt es in dem anderen Raum einen Weg nach draußen.«

Kim legte die Karte wieder auf den Tisch und wandte sich um. »Ja. Wahrscheinlich hast du recht.«
An der anderen Tür gelang es Kim schneller, das Schloss zu öffnen, und sie betraten den zweiten Raum. Franzi tastete die Wände mit dem Lichtstrahl ihrer Lampe ab. Bis auf einige Rohre und verrostete Halterungen, an denen vermutlich einmal technische Geräte gehangen hatten, schien der Raum leer zu sein. Nur an einer Wand waren ein paar Plastikboxen gestapelt, die der ähnelten, die sie nebenan auf dem Tisch gefunden hatten. Franzi ließ den Lichtkegel zu der hohen Decke hinaufwandern. »Guck mal, da oben!«
Direkt unter der Zimmerdecke war ein Streifen mit Pappe abgeklebt. Franzi begriff, was es mit den leuchtenden Brennnesseln hinter der Halle auf sich hatte. Wenn hier Licht brannte, schimmerte es durch den schmalen Spalt unter der Pappe. »Kim! Die Fensterluken führen zur Rückseite. Da können wir ungesehen hinausklettern.«
»Das ist aber ziemlich hoch.« Kim klang zögerlich.
»Denk an unser Abenteuer im Kletterwald«, erinnerte sie Franzi. »Das Löwen-Abzeichen für besonderen Mut hast du nicht umsonst bekommen.«
»Schon, aber ... da waren wir auch gesichert«, gab Kim zu bedenken.
»Ein guter Hinweis. Wenn wir etwas hätten, woran wir ... Moment, warte mal.« Franzi lief hinaus in den Flur.
In einer Ecke hatte sie eben noch etwas entdeckt, das ihnen möglicherweise helfen konnte. Auf einem unordentlichen Hau-

fen lagen hier mehrere blau-weiße Kunststoffseile, an denen kleine ovale Schwimmer aus Plastik befestigt waren: die alten Bahnentrenner des Schwimmbads. Franzi zerrte ein Seil aus dem verworrenen Knäuel heraus und lief damit in den Raum mit dem Oberlicht.

»Tada!«, rief sie und präsentierte das Seil. »Wenn wir es schaffen, das über das Rohr da oben zu werfen, können wir vielleicht daran hochklettern.« Zum Glück war am Ende des Seils ein Metallhaken angebracht, mit dem man das Seil früher in eine Öse am Beckenrand eingehängt hatte. Nach einigen missglückten Versuchen gelang es Franzi tatsächlich, das Seil über das Rohr zu werfen. Prüfend hängte sie sich mit ihrem gesamten Gewicht daran und ruckte ein paar Mal. »Prima. Das hält was aus«, verkündete sie.

»Ich weiß nicht.« Kim klang unsicher. »Geheuer ist mir das aber nicht.«

»Du schaffst das problemlos, Kim!«, ermutigte sie Franzi.

»Was du so problemlos nennst«, sagte Kim und blickte sorgenvoll zu dem mit Pappe abgedeckten Oberlicht hinauf. »Du zuerst. Falls wir die Pappe nicht abbekommen oder das Fenster sich nicht öffnen lässt, möchte ich nicht umsonst tausend Tode gestorben sein.«

Franzi lachte leise. »Na gut. Sieh mal. Die Schwimmer helfen dir sogar, damit du nicht abrutschst.« Sie packte das Seil und stemmte erst eine Fußsohle, dann die andere gegen die Wand. Mit angewinkelten Knien und leicht gespreizten Beinen hangelte sie sich Schritt für Schritt an der glatten Betonwand empor, indem sie sich mit den Füßen von der Wand abdrückte und die Hände am Seil emporwandern ließ. Schließlich hatte sie das Oberlicht erreicht und entfernte die Pappe.

»Hier ist ein Fenstergriff!«, rief sie nach unten und versuchte, ihn zu drehen. »Er klemmt ein wenig, aber ich glaube …«

»Lässt er sich bewegen?« Kim hielt den Strahl ihrer Taschenlampe nach oben gerichtet.

»Ja. Das Fenster lässt sich öffnen!«, rief Franzi. »Es ist ziemlich schmal, aber ich sollte durchpassen.«

Sie tastete mit einer Hand von außen am Fensterrahmen entlang, bis sie einen Halt fand. Dann zog sie sich langsam hoch. Hinter sich hörte sie Fensterkitt und Schmutz zu Boden rieseln. Einen kurzen Moment lang zappelten ihre Beine in der Luft, dann hatte sie es geschafft. Sie war draußen – umgeben von Brennnesseln. Vorsichtig drehte sie sich um und schob den Kopf durch die Luke.

»Jetzt du!«, rief sie Kim zu und löste ihre Taschenlampe vom Gürtel, um ihrer Freundin zu leuchten.

Kim holte ein paar Mal tief Luft. Dann packte sie das Seil und stemmte sich mit den Füßen gegen die Wand, wie sie es bei Franzi gesehen hatte. Schon bald zitterten ihre Armmuskeln vor Anstrengung. Franzi erkannte, dass Kim Panik bekam. Dabei durfte jetzt nichts schiefgehen. Als Kim umgreifen wollte, glitten ihre Finger ab. Sie versuchte, das Gleichgewicht wiederzuerlangen, dabei verfing sich ihr Bein im losen Ende des Seils.

»Weiter, Kim, du schaffst das!«, rief Franzi.

»Nein, ich kann nicht!« Kims Stimme klang dünn und zittrig.

Ihr Atem kam in kurzen, flachen Stößen. »Ich finde keinen Halt. Und runter trau ich mich auch nicht. Außerdem hat sich mein Bein irgendwie verheddert.«

»Kannst du dich noch eine Weile halten?«, fragte Franzi.

»Ich glaube schon«, krächzte Kim.

»Dann hole ich Hilfe«, rief Franzi. »Halte durch!«

Die Brennnesseln tapfer ignorierend preschte sie los. Sie brauchte eine Leiter. Im Geräteschuppen beim Haupthaus würde sie hoffentlich fündig werden. Dann musste das Ding nur noch durch das Fenster passen. Während Franzi über die Wiese rannte, kamen ihr Zweifel. Konnte sie eine lange Leiter allein tragen? Sie brauchte Marie! Doch als Franzi umkehren wollte, hörte sie, wie beim Haupthaus eine Tür klappte. Eine Taschenlampe wurde eingeschaltet und jemand kam ihr entgegen. Hinter dem Lichtkegel konnte Franzi nicht erkennen, um wen es sich handelte. Sie hob den Arm und beschattete ihre Augen mit der Hand.

»Ja, Franzi! Was machst du denn hier?«, hörte sie eine vertraute Stimme.

»Karen!«, rief Franzi erleichtert. An die Textillehrerin hatte sie gar nicht gedacht. Mit ihrer Hilfe konnte sie die Kellertür aufschließen und Kim von unten helfen.

»Ich war auf meinem Kontrollgang und dachte, ich hätte draußen etwas gehört. Ich wollte nur rasch nachsehen, ob wieder eine Mutprobe im Gange ist«, erklärte die junge Lehrerin. »Anscheinend lag ich da goldrichtig. Was machst du hier draußen?«

»Das ist eine lange Geschichte, ich erkläre es später«, versprach Franzi. »Aber jetzt brauche ich schnell deine Hilfe. Du hast doch einen Schlüssel für die Schwimmhalle.«
»Ja. Den haben alle Mitarbeiter«, sagte Karen. »Warum?«
In groben Zügen erklärte Franzi ihr Problem, ließ dabei aber den Grund für ihren nächtlichen Ausflug und ihre Entdeckung im alten Schwimmbad zunächst aus. Kim würde sich nicht ewig halten können.
Franzi folgte der Lehrerin in die Schwimmhalle und die Treppe hinunter, wo Kim noch immer hoffnungslos verstrickt baumelte und sich zitternd an das Seil klammerte.
»Oje!«, rief Karen und besah sich die Situation. »Bitte nicht erschrecken, Kim, ich bewege jetzt kurz das Seil, dann kannst du deinen Fuß befreien. Keine Angst, Franzi und ich sind hier und können dich im Notfall auffangen.«
Karen packte die Schwimmerkette. »Und jetzt lass dich ganz langsam runter.«
In Zeitlupe glitt Kim abwärts, bis sie schließlich zitternd und mit wackligen Knien neben ihnen stand.
»Um Himmels willen, du kannst dich ja kaum auf den Beinen halten«, sagte Karen. »Komm, ich nehme dir den Rucksack und die Kamera ab und dann setzt du dich erst einmal hin und atmest durch.«
»Wir müssen dringend die Polizei rufen!«, platzte Franzi heraus. »Dieser Keller wird von Marken-Piraten benutzt.«
Franzi sah erst Karen Zenker an, die komplett überrumpelt wirkte, dann Kim. Ihre Freundin schien den Schock noch nicht

überwunden zu haben, jedenfalls starrte sie Franzi erschrocken an. Hatte es ihr die Sprache verschlagen?
»Wir haben Fotos gemacht! Wahrscheinlich steckt Herr Rasser dahinter. Schließlich hat er uns hier eingeschlossen.«
Bodhi, Ronny und Herrn Opitz erwähnte Franzi nicht. Auch für das belauschte Telefongespräch, das sie überhaupt erst auf ihre nächtliche Mission geführt hatte, war keine Zeit.
Karen Zenker sah verwirrt aus. Dann schien sie eine Entscheidung zu treffen. »Gut, zunächst einmal müssen wir hier raus ... Wir gehen zum Haus und dann rufen wir die Polizei. Aber wo ist denn überhaupt eure Freundin Marie?«
»Marie ist ...«, begann Franzi, doch Kim fiel ihr ins Wort. »... oben im Zimmer und schläft. Wir sind nur ins Schwimmbad geklettert, weil wir sehen wollten, ob Piet seinen Schlüsselanhänger hier verloren hat.«
Franzi runzelte die Stirn. Aber sie kannte ihre Freundin. Wenn Kim log, hatte das immer einen guten Grund. Sie räusperte sich. »Genau. Silvan hat uns geärgert und behauptet, wir würden uns nicht trauen, ihn rauszuholen.«
Karen Zenker schüttelte den Kopf. »So eine dumme Idee. Aber das wisst ihr selbst. Kommt jetzt, wir rufen die Polizei.«

Frau Zenker und die Mädchen waren schon auf dem Weg zum Haupthaus, als sie ein herannahendes Motorengeräusch hörten. Es kam vom Forstweg.
Franzi reagierte als Erste. »Schnell! Wir müssen uns verstecken.«

»Warum?«, fragte Karen Zenker.
»Bitte. Ich erkläre alles später«, zischte Franzi. »Das könnten die Piraten sein.«
»Dann rüber zum Stall der Alpakas!« Die Textillehrerin winkte den Mädchen, ihr zu folgen. Rasch öffnete sie die Tür und sie stolperten ins Dunkel, das nach Stroh und Ammoniak roch. Im Licht der Taschenlampen reckten die Alpakas ihre Köpfe über die Tür ihrer Box.
»Und jetzt?«, wisperte Franzi.
»Ihr versteckt euch hier«, schlug Karen vor. Sie hielt noch immer Kims Sachen in den Händen. »Ich kenne einen schnellen Weg ins Haus. Aber zu dritt haben wir keine Chance. Also verhaltet euch ruhig, bis die Polizei kommt!«
»Okay«, stimmte Kim zu, bevor die Lehrerin auch schon aus der Tür schlüpfte.
»Schieß los«, zischte Franzi, als sie allein waren. »Warum hast du eben gelogen?«
»Erinnerst du dich an die Werbepostkarten unten im Kellerraum?«, fragte Kim. »Darauf war dieselbe Berglandschaft, die wir bei der Bildersuche unter dem Stichwort *Cameron Highlands* gefunden haben.«
»Na und?«
»Ich habe die Karte umgedreht. Da stand *Cameron Highlands, Malaysia.*«
»Malaysia!«, staunte Franzi. »Hat Karen Zenker nicht erzählt, dass sie dort einige Zeit gelebt hat?«
»Genau. Zuerst bin ich nicht darauf gekommen, warum es bei

dem Stichwort bei mir geklingelt hat«, sagte Kim. »Und dann hatten wir ja auch ganz andere Probleme. Aber als du dann mit Karen Zenker aufgetaucht bist, hat es klick gemacht.«

»Apropos Probleme«, sagte Franzi. »Wir sollten zusehen, dass wir hier herauskommen!«

Plan B wird gezündet

Marie kauerte im Gebüsch. Es juckte sie überall, wenn sie nur daran dachte, wie viele Krabbeltiere hier auf den Blättern und im Gras hockten. Sie würde sich hinterher gründlich nach Zecken absuchen. Sie beobachtete, wie Rasser in der Halle verschwand, wagte sich aber nicht aus dem Versteck, falls er gleich wieder herauskäme. Marie hatte Kim vorbeilaufen sehen, wusste aber nicht, wo sie sich versteckt hatte. Sie vermutete, dass sie zu Franzi ins Schwimmbad geklettert war, und hoffte, dass Rasser die beiden nicht erwischen würde.
Nach einer ganzen Weile tauchte der Hausmeister wieder auf. Der Lichtstrahl seiner Lampe tanzte suchend über das Gras und die Büsche. Offenbar hatte er Kim und Franzi nicht gefunden. Langsam schliefen Marie die Beine ein.
Endlich verschwand das Licht. Rasser setzte seine Runde fort. Marie kroch aus ihrem Versteck und streckte sich. Sie wollte gerade zur Schwimmhalle gehen, um nach Franzi und Kim zu sehen, als sie schon wieder ein Licht in der Dunkelheit sah. Es bewegte sich schneller als ein Taschenlampenstrahl. Und es

hüpfte nicht. Das war ... eine Fahrradlampe. Marie duckte sich in den Schatten der Büsche. Die Tatsache, dass jemand nachts mit dem Fahrrad auf dem Gelände unterwegs war, weckte sofort ihre Neugier.

Die unbekannte Person radelte an ihr vorbei in Richtung Unkenweiher. Marie folgte leise. Kurz darauf hielt das Fahrrad auch schon an. Der Ständer wurde ausgeklappt und das Licht auf die Bank am Ufer gerichtet. Die dunkle Gestalt nahm etwas aus dem Gepäckkorb und setzte sich. Marie blinzelte. Das war Bodhi! Was hatte der hier zu suchen? Und was befand sich wohl in der großen Papiertüte, die er eben aus dem Fahrradkorb geholt hatte?

Marie duckte sich ins Gebüsch und spähte neugierig zu ihm hinüber. Bodhi griff in die Tüte und förderte einen kleinen, in Papier gewickelten Gegenstand zutage. Er wickelte ihn aus und stopfte das Papier wieder in die Tüte. Ein Burger! Beinahe hätte Marie laut loslachen müssen. »Soso«, dachte sie. »Der selbst ernannte Gesundheitsguru radelt also nachts heimlich nach Riedbach, um Fastfood zu kaufen. Von wegen Mitternachtsyoga!« Sie beschloss, die Beschattung zu beenden und zum Schwimmbad zurückzukehren. Leider tauchte genau in diesem Augenblick ein schmaler Schatten zu ihrer Linken auf und verschwand hinter einem Busch. Wer war das nun wieder? Liefen heute Nacht eigentlich alle hier draußen herum? Marie blieb nichts anderes übrig, als zu warten – auch wenn sie so zum Snack für die Mücken wurde.

Endlich hatte Bodhi den Inhalt der Tüte verspeist, nahm den

Müll und sein Fahrrad und schob es über den Pfad zum Haupthaus.

Kaum war der Yogalehrer verschwunden, als eine andere große Gestalt auf den Teich zusteuerte – Ronny!

»Jetzt wird es interessant«, dachte Marie. »Was macht der denn hier?«

»Teona?«, fragte Ronny in die Dunkelheit.

Das Licht einer Handytaschenlampe leuchtete auf. Marie duckte sich tiefer ins Gebüsch. Oje! Hoffentlich entdeckte er sie nicht.

»Hier!«, hörte sie eine zweite Stimme aus dem Nachbargebüsch.

Ronnys Taschenlampenstrahl wandte sich von ihrem Versteck ab. Teona erschien im Lichtkegel. Marie war überrascht. Hier war nachts offenbar eine Menge los. Sie fragte sich, ob die beiden etwas mit den gefälschten Markensachen zu tun hatten.

»Franzi, Kim und Marie waren nicht in ihren Betten«, flüsterte Teona, und Marie spitzte gespannt die Ohren.

Ronny lachte. »Bestimmt sind die in dringender detektivischer Mission unterwegs. Wäre doch krass, wenn sie recht haben und hier wirklich gefälschte Klamotten verkauft werden.«

»Die lösen wohl jedes Geheimnis.« Teona kicherte. »Bestimmt haben sie auch längst durchschaut, dass bei uns etwas läuft.«

Marie sah, wie sie die Arme um Ronnys Nacken legte und ihm einen Kuss aufdrückte. »Vor denen kann man wirklich keine Geheimnisse haben.«

»Na ja«, antwortete Ronny. »Eigentlich könnten wir es ja auch mal offiziell machen, oder? Können doch ruhig alle wissen, dass du meine Freundin bist. Ist doch egal, was Manon und die anderen Eulen sagen.«

»Oooh. Ganz offiziell?« Teona hauchte ihm einen Kuss auf die Wange, dann noch einen.

So viel zu dem falschen Verdacht. Marie fand, es war an der Zeit, sich bemerkbar zu machen. Bei so einem privaten Moment wollte sie nicht heimlich zusehen. Sie räusperte sich.

»Hast du das gehört?«, flüsterte Teona.

»Hallo? Wer ist da?«, rief Ronny und versuchte, mutig und selbstbewusst zu klingen.

Marie kam hinter dem Busch hervor. »Ich bin's nur.«

Rasch brachte sie die beiden auf den neuesten Stand.

»Es ist kurz nach Mitternacht«, sagte Ronny mit einem Blick auf das Display seines Handys. »Wenn Opitz und Rasser sich für diese Zeit verabredet haben, könnten wir sie am Forstweg hinter der Halle erwischen.«

Tatsächlich hörten sie schon auf dem Weg ein Motorengeräusch. Kurz darauf rollte der dunkle Transporter mit ausgeschalteten Scheinwerfern heran.

»Das ist Opitz!«, zischte Marie. »Los, verstecken wir uns und sehen, was er vorhat.«

Die drei duckten sich ins Gebüsch und beobachteten, wie der Outletbesitzer ausstieg. Plötzlich tauchte eine zweite Person auf. Sie war etwas kleiner als Opitz.

»Planänderung!«, sagte eine weibliche Stimme. »Lass die Sachen im Auto. Die neugierigen Schnüfflerinnen sind uns auf

die Schliche gekommen. Wir müssen die Sachen im Keller verschwinden lassen. Hier!«
Ein Gegenstand flog durch die Luft und Opitz fing ihn auf.
»Diese Kim hat fotografiert. Nimm den Film aus der Kamera und vernichte die Aufnahmen. Dann sieh zu, dass du die Tür zum Alpaka-Stall verbarrikadierst. Zum Glück verdächtigen sie Rasser. Er hat sie beim Schwimmbad erwischt und aus Versehen eingesperrt. Deswegen glauben sie, dass er dahintersteckt.«
»Umso besser für uns. Wie praktisch, dass der Alte wegen eines Unfalls vor ein paar Jahren diesen Spleen hat.«
»Eben. So sind wir aus dem Schneider. Und wenn wir unten alles rausräumen ...«
»Dafür haben wir nicht genug Zeit«, entgegnete Opitz, holte den Film aus der Kamera, zog ihn aus der Rolle und richtete den Strahl seiner Taschenlampe darauf. »Warum hast du Rasser und dem Yoga-Typen nicht das Schlafmittel in den Tee gekippt? So wie besprochen?«
»Es ergab sich keine Gelegenheit. Ständig war jemand um mich herum«, erklärte Karen.
»Mist. Beeilen wir uns. Hol nur die Neuware raus. Danach ist Plan B angesagt. Wir müssen alle Beweise vernichten. Und die Gören werden denken, es war Rasser.«
»Okay. Ich erledige das, du sperrst die Mädchen ein und hilfst mir anschließend«, kommandierte Karen Zenker.
Die Lehrerin lief zum Schwimmbad und Opitz in Richtung Alpaka-Stall.
»Pst!«, zischte plötzlich jemand hinter ihnen.

Marie fuhr herum. »Kim! Franzi! Ich dachte, ihr wärt im Stall.«
»Das denkt die Zenker auch.« Franzi grinste. »Los, beeilen wir uns. Die beiden wollen ihre Spuren verwischen. Ich weiß nicht genau, wie sie das machen wollen, aber es klang nicht gut. Wir müssen sie irgendwie aufhalten. Am besten, wir teilen uns auf.«
Marie nickte. »Kim, Teona, schnell! Ihr weckt Frau Bertram und ruft die Polizei. Wir versuchen, die beiden irgendwie aufzuhalten.«

»Wenn wir ein Messer hätten, könnten wir ihm die Reifen platt stechen«, schlug Ronny vor, als Kim und Teona aufbrachen.
»Haben wir aber nicht«, zischte Marie ungeduldig. »Zu dumm, da kommt Karen schon zurück.«
Tatsächlich tauchte die Textillehrerin auf und schleppte einen Karton zum Auto, wo sie ihn auf den Boden stellte. Dann lief sie wieder ins Schwimmbad, vermutlich um den zweiten Karton zu holen, den Franzi in dem Raum mit dem Drucker gesehen hatte.
»Los, schnappen wir uns das Ding!«, rief Ronny, und die drei schleppten ihn tief ins Gebüsch. Keine Sekunde zu früh, denn schon tauchte auch Opitz wieder auf und öffnete die hintere Tür des Lieferwagens. Dann lief er zur Tür des Schwimmbads, wo Karen Zenker gerade mit dem zweiten Karton auftauchte. Opitz nahm ihn entgegen und schleppte ihn zum Wagen.

»Hast du den ersten schon eingeladen?«, fragte Karen mit einem Blick auf die geöffneten Türen.
»Welchen ersten?« Opitz klang gereizt.
»Na, den ersten Karton. Ich habe ihn hier neben den Wagen …« Sie wirbelte herum. »Verflucht! Hast du nachgesehen, ob die beiden Mädchen noch im Stall waren?«
»Nein. Ich habe nur von außen die Tür verkeilt.«
»Mist!« Karen Zenker leuchtete mit der Taschenlampe herum. »Die müssen entwischt sein und treiben sich hier irgendwo herum. Und zwar mit Beweisen.«
»Bleib cool.« Opitz wuchtete den Karton in den Laderaum. »Wir setzen uns zur Sicherheit ab. Das Outlet ist sauber, die Gören verdächtigen Rasser, und Plan B sorgt für den Rest. Nachweisen kann man uns gar nichts. Also komm!«
»Achtung! Die hauen ab«, zischte Franzi. »Marie, wir schnappen Karen Zenker, Ronny übernimmt Opitz.«
Beinahe gleichzeitig stürzten die drei aus ihrem Versteck. Franzi und Marie gelang es, die überraschte Lehrerin ins Straucheln zu bringen. Ronny lief zur Fahrerseite und versuchte, Opitz herauszuzerren, der bereits eingestiegen war. Doch Opitz trat nach ihm und stieß ihn zu Boden. Opitz schlug die Fahrertür zu, startete den Motor und brauste über den Forstweg davon. Fast gleichzeitig erklangen Polizeisirenen auf der Landstraße.
Als Franzi und ihre Begleiter mit Karen Zenker beim Haupthaus ankamen, blitzte schon das Blaulicht auf der Zufahrt zum Gutshof auf. Der Einsatzwagen hielt direkt vor ihnen. Eine

Polizistin und ihr Kollege stiegen aus. Gleichzeitig stürzten Kim und Teona durch den Haupteingang ins Freie.
Hinter ihnen erschien Evelyn Bertram in einem hellblauen Morgenmantel. »Was riecht hier so komisch?«
Irritiert blickte Franzi die Leiterin von Gut Unkentorf an. Doch dann roch sie es ebenfalls. Rauch!
Als sie um die Hausecke schauten, sahen sie das gespenstische Flackern schon von Weitem. Im Kellergeschoss der Schwimmhalle brannte es!
Die Polizistin sprach in ihr Funkgerät und forderte ein Löschfahrzeug der Feuerwehr an. Anschließend wandte sie sich an die Gruppe. »Was um alles in der Welt ist hier los?«
»Das war also Ihr Plan B«, sagte Marie an Karen Zenker gewandt. »Sie haben ein Feuer gelegt und wollen so die Beweise vernichten.«
»Das ist eine ernste Anschuldigung«, sagte die Beamtin.
»Es ist die Wahrheit.« Ronny berichtete in knappen Worten, was sich beim Schwimmbad zugetragen hatte.
»Glauben Sie kein Wort davon!«, rief Karen Zenker. »Die Kinder haben das alles vollkommen missverstanden. Ich habe Arndt Opitz draußen erwischt, und er hat mich gezwungen, ihm beim Ausräumen seines Lagers zu helfen.«
»Das ist gelogen und das können wir auch beweisen«, verkündete Kim und zog eine Filmdose aus der Hosentasche. Sie reichte sie der Polizistin. »Wenn sie die Bilder entwickeln, finden Sie Beweise für den illegalen Online-Shop, den Frau Zenker dort gemeinsam mit Herrn Opitz betrieben hat.«

»Wir haben sogar einen Karton mit gefälschten Marken-Klamotten sichergestellt!«, verkündete Ronny.
»Der gehört Opitz«, verteidigte sich Karen. »Ich habe mit all dem überhaupt nichts zu tun.«
»Von wegen!« Ronny zog sein Handy aus der Tasche. »Ich habe Ihre kleine Unterhaltung aufgezeichnet.«
»Ha!«, rief Teona und drückte ihm einen Kuss auf. »Du bist ein richtiger Fuchs, Ronny!«
Ronny grinste verlegen. »Die Idee hatte eigentlich Marie. Sie hatte nur kein Smartphone dabei.«
»Und Opitz?«, fragte Kim. »Der ist mit dem restlichen Zeug doch längst über alle Berge.«
Ronnys Grinsen kehrte zurück. »Den finden wir im Handumdrehen. Er hat nicht gemerkt, dass ich ihm meinen Schlüsselanhänger in den Fußraum geworfen habe. Jetzt brauchen wir ihn nur mit meinem Handy zu tracken.«
»Na, da habt ihr ja ganze Arbeit geleistet.« Die sonst so strenge Evelyn Bertram schüttelte den Kopf und lachte. »Wie es aussieht, haben Handys manchmal wohl auch ihre positive Seite.«
Nun mussten die anderen auch lachen – alle, bis auf Karen Zenker natürlich.

Abschied von Unkentorf

»Die Woche ging viel zu schnell rum«, sagte Franzi, als sie auf dem Bahnsteig in der Sonne standen und auf den Zug warteten. Frau Bertram hatte sie hingefahren.

»Puh! Ist das warm.« Kim beschattete ihre Augen mit der Hand. »Im Autoradio haben sie eben gesagt, es soll eine richtige Hitzewelle geben.«

»Das richtige Wetter für *LICKs* im *Lomo*. Darauf freue ich mich schon!«, rief Franzi.

»Ich werde euch aber vermissen«, sagte Teona, die neben Ronny stand und seine Hand hielt. Inzwischen verstand sie sich richtig gut mit den drei !!!, besonders mit Marie.

»Wir bleiben in Kontakt«, versprach Kim. »Wer weiß, vielleicht kommen wir noch mal her. Ich fand ich es gar nicht übel.«

»Das stimmt«, sagte Marie. »Es tat ganz gut, mal nicht dauernd erreichbar zu sein und sich ablenken zu lassen. Vielleicht lasse ich das Handy auch so öfter mal aus. Jetzt freue ich mich aber darauf, wenn wir gleich aus dem Funkloch rauskommen. Ich möchte unbedingt wissen, wie es Oma Agnes geht.«

Teona nickte. »Das verstehe ich.« Sie hatte Marie am Vorabend erzählt, dass ihre Oma ebenfalls an Demenz litt. »Es war eine echt schwere Entscheidung, aber wir haben uns als Familie zusammengesetzt und beschlossen, dass wir ihr zu Hause nicht so gut helfen können. Zuerst war es schwer, aber jetzt blüht sie auf der Demenzstation sogar richtig auf. Als Familie schafft ihr das.«

»Gemeinsam geht alles besser«, sagte Ronny. »Ich fand, wir waren ein episches Detektivteam, oder nicht?«

Franzi lachte. »Das stimmt. Dabei hatten wir dich sogar eine Zeit lang im Verdacht, bei dem Online-Shop mitzumischen.«

»Echt?« Teona schüttelte den Kopf. »Ich fasse es nicht.«

»Es sei euch vergeben.« Ronny lachte. »Jetzt will ich aber noch wissen, wie Karen Zenker eigentlich auf die Idee mit den Marken-Fakes gekommen ist. Und warum hat sie ihren Online-Shop ausgerechnet aus dem alten Schwimmbad heraus betrieben?«

»Karen Zenker hat offenbar früher für Opitz gearbeitet«, erklärte Marie. »Aber ihr großer Traum war es, ein eigenes Modelabel zu gründen und Designerin zu werden. Dafür fehlte ihr nur das nötige Startkapital. Während ihrer Zeit in Asien konnte sie Kontakte zu Marken-Fälschern knüpfen. So kam sie auf die Idee, einen Handel aufzuziehen. Sie brauchte allerdings eine passende Firma als Tarnung.«

»Als sie erfuhr, dass Arndt Opitz in finanzielle Schwierigkeiten geraten war, schlug sie ihm ein Geschäft vor«, fuhr Kim fort. »Er hat die Sachen mit seinen normalen Bestellungen durch den Zoll gebracht. Die Ware haben sie aufgeteilt. Einen Teil hat Opitz verkauft, einen Teil Karen.«

»Und das lief alles im Schwimmbad?«, wollte Ronny wissen.

Marie nickte. »Zuerst haben sie ein altes Lagerhaus genutzt, doch nach einem Wasserschaden mussten sie im Frühling umziehen. Da Karen gerade den Job auf Gut Unkentorf angenommen hatte …«

»… war die alte Schwimmhalle natürlich ideal, verstehe«, sagte Teona. »In die Kellerräume ging nie jemand und Rasser passte aus Sorge um die Schüler auf wie ein Schießhund.«

»Genau.« Kim nickte und wandte sich Ronny zu. »Du hältst uns doch sicher über alle neuen Entwicklungen auf und um Gut Unkentorf auf dem Laufenden.«

»Na klar. Ehrensache.« Ronny grinste. »Dank euch bin ich ja jetzt arbeitslos. Das Internetcafé Widder-Spinne bleibt geschlossen. Zumindest für die Öffentlichkeit. Ich habe so ein Gefühl, dass ich in nächster Zeit gut einen Ort gebrauchen kann, wo ich ungestört videochatten kann.«

Teona kicherte und wurde rot.

»Da kommt der Zug«, verkündete Marie. »Dann lassen wir euch zwei mal allein, damit ihr euch verabschieden könnt.«

Die drei !!! drückten die beiden noch schnell und trugen ihr Gepäck zum Zug.

Als die drei Freundinnen endlich das Funkloch hinter sich gelassen hatten und im ICE Richtung Heimat saßen, zirpten die Smartphones unaufhörlich.

»Mann!« Kim lachte. »So viele Nachrichten. Ganz schön nervig. Da möchte man ja glatt wieder in den Zug Richtung Unkentorf steigen.«
»Allerdings«, stimmte Franzi zu. »He! Aber jetzt kann ich auch endlich die Nachricht von Darja vorlesen. Moment. Sie hat geschrieben:

Ist vielleicht kein echter Fall für euch Detektivinnen. Ihr löst ja sonst richtige Verbrechen, aber irgendetwas Seltsames geht da vor. Vielleicht könnt ihr ja herausfinden, was es mit diesem dämlichen Geheimbund mit der Widder-Spinne auf sich hat. Die haben mich voll ausgegrenzt. Ich habe ihnen nachspioniert, aber sie haben mich in das alte Schwimmbad gelockt und ich bin gestürzt. Zum Glück nicht in das leere Becken. Das war ziemlich unheimlich und ich habe mir das Knie aufgeschlagen.

»Na, das haben wir ja gründlich falsch verstanden.« Marie lachte. »Zum Glück. Sonst wären die Produkt-Piraten immer noch auf freiem Fuß. Na ja, entschuldigt, ich habe ein paar Nachrichten von Holger.« Sie lehnte sich in ihrem Sitz zurück und scrollte durch die Messenger-App.
Franzi sah zu Kim hinüber. Auch sie hatte ihr Smartphone geöffnet und schien Nachrichten zu lesen. Ein leises Lächeln lag auf ihrem Gesicht. Es lag ihr auf der Zunge zu fragen, ob die Nachrichten von David waren. Doch sie entschied sich dagegen. Sie hatte das Gefühl, dass jemand anderes im Stillen dabei war, Kims Herz zu erobern. Und womöglich war sich Kim des-

sen selbst noch gar nicht bewusst. Also wollte sie ihre Freundin nicht auch noch mit Fragen unter Druck setzen.
Franzi lehnte sich zurück und warf ebenfalls einen Blick auf ihre Nachrichten. Ihr Herz klopfte schneller, als sie eine Nachricht von Maximilian entdeckte. Sie klickte darauf, doch sie enthielt lediglich das Bild eines Baums. Darunter stand der Spruch: *Jeder starke Baum war einmal eine kleine Pflanze, und jede große Tat beginnt mit einem kleinen, guten Gedanken.* Sie seufzte. Ein bisschen enttäuscht war sie schon. Doch es ließ sich verschmerzen. Der Abstand hatte ihr gutgetan.
Vielleicht manchmal gar nicht so schlecht, für eine Weile in ein Funkloch abzutauchen und nicht rund um die Uhr erreichbar zu sein, dachte sie. Umso schöner ist es, wenn man genau weiß, dass einem seine Freundinnen immer fest zur Seite stehen, wenn man wieder auftaucht. Sie steckte das Handy in die Tasche, lächelte und schaute aus dem Fenster.

Kari Erlhoff und **Silja Lund** waren zwar nie auf einem Internat, haben aber reichlich Erfahrung mit Landschulheimen sammeln können. Bis heute meiden sie roten Tee in Blechkannen, erinnern sich an Mitternachtspartys und viel zu lange Wanderungen. Beide Autorinnen mussten ihre Jugend ohne Handy und Internet verbringen, dafür mit Telefonmünzen und Filmrollen in Fotoapparaten. Für die gemeinsame Arbeit an diesem Buch haben sich Kari und Silja jedoch viele Sprachnachrichten und Mails geschickt – natürlich übers Internet. Schließlich leben sie in zwei verschiedenen Bundesländern. Und die Heide, die liegt genau dazwischen.